양평에서
삼대가 만들어가는 전원일기

양평에서
삼대가 만들어 가는 전원일기
1판 1쇄 발행 | 2016년 11월 20일

지은이 | 이강촌
발행인 | 이선우
펴낸곳 | 도서출판 선우미디어
     등록 | 1997. 8. 7 제305-2014-000020
     02643 서울시 동대문구 장한로12길 40, 101동 203호
     ☎ 2272-3351, 3352 팩스: 2272-5540
     sunwoome@hanmail.net
     Printed in Korea ⓒ 2016. 이강촌

값 13,000원

이 도서의 국립중앙도서관 출판예정도서목록(CIP)은 서지정보유통지원시스템
홈페이지(http://seoji.nl.go.kr)와 가자료공동목록시스템(http://www.nl.go.kr/kolisnet)에서
이용하실 수 있습니다.(CIP제어번호: CIP2016027280)

ISBN 978-89-5658-473-7 03810
ISBN 978-89-5658-474-4 05810(PDF)
ISBN 978-89-5658-475-1 05810(E-PUB)

양평에서 삼대가 만들어가는 전원일기

글 · 사진 이강촌

선우미디어

전원일기를
묶으면서

대구 여인이 오년 여 동안 경기도 양평의 산골에서 살게 되었다.

산도 들도 낯설고 사람들도 낯선 곳이었다.

십여 년 전에 뉴질랜드에서 이민생활을 한 적이 있는데, 그때 남의 나라에서 살았던 삶과 닮았다는 생각이 들었다.

우리말을 사용하는 곳이라 다행스럽긴 했으나, 말이나 습관이 경상도와 경기도의 거리를 실감나게 만들어 주었다. 자칫 외로움 느끼면서 살아야 할 뻔 했는데 거짓말처럼 밤이면 수많은 반딧불들이 집 주위를 맴도는데 감동하기 시작하면서 마음이 평화로워져갔다.

그리고 아들 형제 가족들은 내가 낯설이로 가슴 시릴 틈새를 주지 않으려고 주말이면 모여 들어 신바람 나는 몸짓들을 했다.

갖은 재롱으로 할머니 세월 가는 줄 모르도록 만들어 주었던 사랑하는 손주 네 명, 찬울이, 해솔이, 은솔이, 해범이에게 어깨 토닥거리면서 꼬옥 안아 주고 싶다.

전원에서 일어나는 말로 다 할 수 없는 감동적인 사연들을 노트북에 입력하기 시작했고, 그렇게 담아 놓았던 일기와 사진들을 허투루 버릴 수가 없어 칠순을 맞이하면서 묶을 준비를 하고 있다.

그리고 여기엔 나의 삶만 있는 것이 아니라 나의 주변, 아들 형제 가족들과의 삶, 그리고 유치원생이었던 손주들이 학생이 되어가면서 자연들과 만나는 모습들이 담겨져 있다.

≪양평에서 삼대가 만들어 가는 전원일기≫에는 글자로만은 다 내보일 수 없는 '자연과 사람들과의 아름다운 사랑놀이와 어우러짐, 자연에 대한 배려들'이 담겨 있어 사진을 추가한다.

그동안 나와 인연 가지신 지인들, 먼 곳까지 방문해 주었던 벗들, 전원의 삶에 응원과 격려 주신 벗들과도 나누고 싶다.

거리가 멀어 자주 올 수 없었던 작은 아들 가족들에 비해 서울에 살고 있는 큰아들 가족들은 거의 주말마다 전원살이에 참여했던지라 글이나 사진에 더 자주 등장하게 되었다.

시부모 전원의 삶에 아들 형제와 손주들을 앞세워 반찬 만들어 들고 다니면서 응원과 격려 아끼지 않은 며늘아가들에게 고마움 전합니다.

덕분에 나의 전원생활은 서툴렀으나 몸도 마음도 풍요로울 수 있었습니다.

사랑하는 나의 자녀들에게는 귀하게 여겨지는 선물로 남을 수 있었으면 하는 작은 소망 하나 가지고 있습니다. 감사합니다.

2016년 가을 양평에서 이강촌

차례

전원일기를 묶으면서

3부

노랑이와
병아리
그
줄탁동시의
신비

4부

할머니
냉이
캐러 가요

7부

깨보송이에
담겨져
온
정

8부

칠십 대를
살아가기
위한
준비

1부

이름 없는 여인으로
살고파서

대구서 멀리~ 경기도 양평. 이사 올 집의 정원에 진달래는 피었는데~ 6살 해솔, 4살 해범이와 함께~

함께 전원의 이야기를 만들어 갈 강촌의 손주들. 달랑 네 명. 찬울, 해범, 해솔, 은솔

이름 없는
여인으로 살고파서
- 2011년 3월

어느 조그만 산골로 들어가

나는 이름 없는 여인이 되고 싶소.

초가지붕 박넝쿨 올리고

삼밭엔 오이랑 호박을 놓고

들장미로 울타리를 엮어

마당엔 하늘을 욕심껏 들여놓고

밤이면 실컷 별을 안고

부엉이가 우는 밤도 내사 외롭지 않겠소…….

　노천명이 부르던 노래 따라 부르며 강촌은 이제 긴 여행길에 나설 것입니다. 그 여행의 길이가 얼마나 길지는 아무도, 물론 주인공인 저도 모릅니다. 다만 여행하면서 남은 삶, 이름 없는 여인이 되어 살고 싶을 따름입니다.

여행을 계획하고부터 사십수 년 동안 살았던 대구 떠날 준비를 하고 있습니다. 더 이상 바랄 것도 기다릴 것도 없는 대구, 아프고 버거웠던 삶들은 모두 내려놓고 가져가도 가진 것 같지 않은 가벼운 것들만 안고 떠나렵니다.

저녁노을 일렁거리는 금호강물에 사십수 년의 제 삶을 모두 모아 띄워봅니다.

아픈 사연, 고운 사연들이 뒤엉켜 한 배 가득합니다. 남은 삶 살아가는 데 지팡이가 되고 버팀목이 되어줄 사연들만 갈피갈피에 끼워봅니다. 혹여라도 저로 인하여 섭섭하거나 가슴앓이를 하신 분이 계셨다면 이 지면을 빌어 이해와 용서를 구합니다. 아울러 저와 옷깃이라도 스치며 지나간 모든 분들께 엎디어 감사의 인사를 올립니다. 이제 남은 저의 삶, 다시 시작하는 마음으로 이름 없는 여인으로 살아가렵니다.

자연의 찬란한 빛이 있고 이슬 내리는 소리가 들려오고 따로 노력하지 않아도 평화가 존재하는 희망의 땅을 찾아 나서겠습니다.

아침 이슬 받아먹고 맑은 웃음 웃어주는 생명들이 있는 땅이면 더 바랄 것이 없겠지요. 산허리 돌다가 허기져 허우적대는 산짐승이라도 있다면 거두어주고 어미 잃은 작은 새들에게 도움이 필요하다면 돕겠습니다. 가끔은 고갯마루 턱에 서서 넘어가는 햇무리를 바라보면서도 행복해 하고 내일 뜨는 아침 햇살을 다시 만나지 못한데도 미련을 가지거나 슬퍼하지 않으렵니다.

이왕이면 소풍 다니는 동안 저녁노을 붉게 퍼지는 고개 넘어 작은 마을에 머무를 수 있었으면 좋겠습니다. 코스모스로 울을 쳐서 담장을 만들고 가장자리로 봉숭아 채송화가 번갈아 가며 사계절을 피고 지도록 만들고 싶습니다. 적막하도록 고요한 낮이면 햇살의 방문도 반가이 맞아들이고 나비와 벌도 불러들여 함께 차를 마시게 되기를 소망합니다. 그들이 놀다 간 자리에 손주들이 찾아와 고양이, 강아지와 어울려 잔디 위를 뒹굴기도 하고, 노란 병아리들이 줄을 지어 아가들의 뒤를 종종 따라다니는 그림도 만들어 보겠습니다.

잔디가 잘 정돈된 정원에 평상을 펴 놓고 그윽한 솔잎차에 달빛 띄워 차를 마시는 밤이면, 은하수도 쏟아지고 접동새도 마실 오고 싶어 하겠지요, 그런 날 며늘아가가 송화다식이나 벽난로에서 갓 구워낸 군고구마라도 곁들여 내온다면 더할 나위 없이 풍성해질 것 같습니다.

전화 음성만 들어도 내 눈빛만 보아도 이미가 무슨 생각을 하고 어떤 꿈을 꾸고 있는지 금방 알아차리는 일촌 아들, 그 아들 부부가 앞으로는 남한강이 흐르고 뒤로는 야산이 울을 치고 있는 고즈넉한 마을에 '꿈을 가꾸는 일촌들의 집'이라고 적은 팻말을 꽂아 놓고 어미 손을 잡아주고 있습니다.

'어머니 손에서 자란 아들은 어머니를 닮았으니 어머니가 사랑하고 좋아하는 것, 또한 모두 사랑할 수밖에 없음'을 인정해 달라면서 주말만이라도 곁을 내 줄 것을 당부하고 있습니다. 그리할 것입니다. 힘든 세상살이 살다가 마음과 몸 누일 곳을 찾아오는 그들에게 바람소리, 나무들의 숨소리, 하다못해 스쳐 지나가는 자연의 작은 소리 하나도 놓치지 않고 모두 모아 두었다가 아낌없이 내어놓을 것입니다.

　길이가 가늠되지 않는 남은 삶, 모든 근심과 욕심 내려놓고 편안한
시선으로 자연을 바라보고 편안하게 다가오는 주변을 사랑하겠습니다.
메마른 가슴 자연 위에 내어놓고 밤이슬에 촉촉하게 적셔지길 기다리며
이름 없는 여인으로 살아가겠습니다.

　그리 살다가 소풍 끝내고 떠나는 날, 누구누구처럼 '참 아름다운 세상
에서 잘 살다 가노라'라는 말 한마디 흉내라도 낼 수 있다면 더 바랄
것이 없겠습니다.

희망을
묻으면서
- 2011년 5월

희망을 묻는다. 누구의 눈치도 보지 않고 누구의 관심을 받으려는 기대를 갖지도 않은 빈 마음으로 희망을 묻는다. 벼르고 별렀던 전원생활로 들어온 지 일주일째 되는 날이다.

가까운 농가에서 새벽닭 우는 소리에 잠을 깼다. 정원에서 이름 모를 새들이 노래를 부른다. 어젯밤에는 무논에서 개구리가 그리도 울어대더니 개구리가 잠자는 새벽에는 또 새들이 노래한다.

오오~~! 자연의 소리도 이렇게 조화를 이루는구나.

여기는 경사가 완만한 산과 서울 식수의 근원인 물 맑은 남한강이 어우러져 있는 아름답고 고요한 마을이다. 이곳이 서울에서 한 시간 거리에 있다 보니 공기 맑은 계곡을 찾아 전원주택이 들어서기 시작했고 자연스럽게 도시사람과 시골사람들이 어우러져 살아가게 된 모양이다.

나무와 꽃으로 적당하게 울이 쳐져 있는 집들, 대문이 따로 없으니 이웃들이 서로 드나들기에도 무난하다. '양지마을'이라는 이름처럼 어느 날 예고 없이 날아 온 우리 가족에게도 이웃들의 따스한 손길과 눈길이다가오고 있음을 느낀다. 십수 년 전 방송했던 MBC의 장수 인기 드라마 〈전원일기〉를 촬영했던 양지마을, 뜰에 내려서면 아랫마을에 전원일기의 주인공이었던 최불암 회장님이 살았다는 집이 보인다.

그래서인가. 크게 낯설지가 않다. 어찌어찌 하다가보니 여기까지 오게 된 나는 어떻게 살아가는 것이 이 마을과 자연스럽게 어우러져 아름다운 그림을 그리고 고운 수필을 다듬을 수 있을지 숙제거리를 만들게 되었다.

어제 양평 오일장에서 사 온 야채 모종을 심고 야채 씨앗들을 묻었다. 아파트 베란다에서 기른 경험이 있는 파프리카를 빨강색 두 포기 노랑색 두 포기 그리고 가지와 방울토마토, 청경채, 샐러리, 쑥갓 등등… 휴우~ 백여 평 되는 채마밭이 온통 야채 백화점이다.

그리고 계획대로 집 가장자리 빈 자리에는 지난해부터 준비해 두었던 코스모스, 백일홍, 채송화, 봉선화 등 그리움 서려있는 꽃씨들을 묻어 두었다. 오월도 중순으로 접어들고 보니 파종시기가 늦어진 것 같아 마음이 바쁘다. 정원에 정원수와 영산홍, 매화, 목단 등등 나무가 많은 집인지라 내가 마음대로 사용할 공간은 한계가 있지만 자리를 만들어 나는 열심히 씨앗을 묻고 있다. 씨를 뿌리지 않고는 기대할 것도 없을 것이 아닌가.

사십 수 년간 살아온 고향 같은 대구를 떠나지 않겠다고 고집부리던 무뚝뚝한 옆지기가 오늘 아침에 내 어깨를 두드리면서 들려준 말, "전원주택으로 이사 오길 잘한 것 같으오. 당신 선택이 옳았소이다."

흙이
그리웠다
– 2011년 6월

흙에서는 구수한 향이 날아오른다.

흙에서 날아오르는 향은 그 옛날 엄마가 만들어 주던 가마솥에서 날아오르던 숭늉의 향기와 닮았다.

흙이 그리웠다. 쓸쓸하고 허전할 때마다 마음을 편안하게 만들어 줄 것 같은 흙이 너무 그리웠다. 아파트에 살고 있는 수십 년 동안에도 발코니에다가 흙을 퍼 날라 쌓아놓고 살았다. 스티로폼 박스에 채워진 흙에다가 쑥갓 씨앗을 뿌리고 파프리카 모종을 옮기고, 코스모스와 채송화 꽃이 만발하게 만들면서 흙에 대한 허기를 다소나마 메우기는 했지만, 그것이야말로 흙장난에 불과한 것이 아니던가.

늘 흙에 대한 그리움으로 목말라했다. 그러다가 만나게 된 양평의 땅은 나에게 그리움의 땅이고 희망의 흙이 되고 있다. 내 손으로 부드러운 흙을 파고 씨앗을 묻어둔 지 사나흘 만에 정직하게 올라오는 새싹을 보고 환호하고 하루가 다르게 자라는 풋싹들의 손을 잡아주면서 흙을 북돋우어 주고 있다.

아파트 발코니에다 퍼 나르던 그런 메마른 흙이 아니었다. 살아오면서 상처투성이가 된 가슴을 양평의 흙은 부드럽게 보듬어 주었다. 씨앗을 묻으면 새싹은 약속이나 한 듯이 땅을 밀고 올라와 주었고 자연 재해를 만나지 않는 한 그들은 돌보는 사람의 손길 따라 순응하는 자세로 따라 주었다.

물 만난 고기처럼 나는 흙에게로 깊이 다가섰다. 농부도 농부의 아내도 되어보지 않았지만 언제부터인가 흙을 그리워하던 나에게 양평의 흙은 희망이 되었고 기쁨이 되고 있으며 어떤 의미에선 종교이기도 했다. 이기심도 도사림도 없는 편안한 그에게 나는 지금 마음과 몸을 모두 내려놓고 있다.

흙을 맨손으로 매만지며 부드럽게 만들어 씨앗을 묻고 모종을 심었다. 아욱씨를 뿌린 데는 아욱 싹이 올라왔고 열무씨앗을 뿌린 땅에는 열무 싹이 올라왔다. 올라 올까말까 누구 눈치를 보는 일도 없이 기다리고 있는 나에게 어김없이 맑고 예쁜 얼굴로 인사를 했다.

지난 며칠 동안 열심히 잡초를 뽑았다. 이름 모를 풀들을 나는 잡초라고 부르며 그들을 모지락스럽게 뽑아댔다. 눈에 보이고 손에 잡히는 잡초들을 뽑으면서 나는 마음속에 자라고 있을 눈에 보이지도 또한 손으로 만져지지도 않는 잡초들도 함께 뽑아버렸다.

십여 년 전, 자연이 깨끗하고 아름답다는 뉴질랜드로 이민 가서 다년간 살았다. 그런데 그곳의 흙은 꽃모종 가지고 옮겨 다니고 상추 씨앗을 묻어야 하는데 도무지 호미가 들어가지 않을 정도로 땅이 단단했다. 생각다 못해 흙을 몇 트럭 사다 붓고 땅을 돋우어서 꽃밭과 채마 밭을 만들었다. 어쩌면 나는 그 단단한 땅에 뿌리를 내리지 못해서인가 이민간 계획을 거두고 삼 년 만에 고국으로 돌아오고 말았다. 그러나 양평에서 만난 흙은 참 부드럽다. 이런 부드러운 흙이라면 나도 어렵지 않게 양평에 뿌리를 내릴 수 있지 않을까 하는 생각이 든다.

흙을 만지고 있노라면 참으로 마음이 편안하다. 텃밭을 고르다가 땅강아지를 만났는데 그게 그리도 반가운 것은 땅강아지가 어느 땅에서나 만날 수 있는 것이 아니기 때문이다. 그들과 함께 하는 나날들을 한 땀 한 땀 하얀 천에 수를 놓으며 소중하게 맞이하고 곱게 엮어 가고 싶다.

골목길을 사이에 둔 이웃 어르신께서 부추 모종을 들고 채마밭을 찾아 오셨다. 마침 구해야겠다고 생각했던 모종이기에 반갑게 받아 들고 엉거주춤한 표정으로 얼마를 지불해야 하는지 묻는 나에게 그분은 돈 자랑 하지 말라며 손사래를 쳤다. 나는 난감해 하다가 이사 올 때 가지고 온 꽁꽁 얼어있는 시루떡을 건네 드렸다.

어쩌면 그 팥시루떡이 시간이 흐르면서 녹아 고물과 쌀가루가 어우러져 맛을 내듯이 나의 전원생활도 이웃의 인심과 흙의 부드러움이 잘 버무려져 오래오래 뿌리를 내리면서 살아 갈 수 있기를 소망해 본다.

손주들이
소풍 왔네
– 2011년 6월

연휴를 맞아 아들 형제가 가족들을 앞세우고 왔다. 큰애 가족들은 서울 가까운 거리인지라 밀린다고 해도 그렇지만, 작은애는 울산~ 양평, 너무 먼 거리이다.

부모님 계신 곳 빨리 오고 싶어 대여섯 시간을 한 차례도 쉬지 않고 달려 왔노라고~! 운전이야 아들과 며늘아가가 교대를 했다지만….

"에구 아드님ㅎㅎ, 자동차의 피곤은 어찌하라고.~~ㅎㅎ"

어쨌거나 그렇게 가족들이 우리 부부를 중심으로 모였다. 내가 양지마을로 이사 와서 터를 가꾸기 시작한 지 한 달 만에 가족들이 처음으로 한 자리에 모이게 된 것이다.

아침부터 며늘아가들과 손주들은 새싹을 솎아내기 시작했다. 가족이나 사람들이 모이면 반가움을 나눈 다음엔 먹거리가 또한 중요한 것이 아니던가. 아침 메뉴는 먼저 할머니표 청국장찌개에다 새싹비빔밥으로…. 맑은 지하수와 사랑을 먹고 자라난 새싹들이 맑게 웃는 며늘아가들과 손주들의 푸른 웃음과 닮아 파랗다.

흙놀이하는 손주들, 찬울, 은솔, 해범, 해솔이

기쁨(강아지)이를 너무 무서워~ 해범이 ~

세 살된 강아지 '기쁨'이와 친해지는 방법과 사랑하는 방법을 할아버지는 손자들에게 열심히 보여 주고 설명해 주기도 했다. 아가들아, 너희들이 기쁨이를 사랑하면 기쁨이는 곧 그 사랑을 알아차릴 것이다. 기쁨이와 금방 친해지게 될 것이니 눈물을 거두렴. ㅎㅎ

만져보고 싶은데 무섭긴 하고 이 일을 어쩌나~~ㅎㅎ

"그래, 시골에 왔으니 흙장난은 기본이지. 아가들아, 흙이 모래보다 더 부드럽지 않니, 할머니 마음도 그 흙을 담고 싶단다. 부드러운 흙에 따사로운 햇살이 도탑게 쌓이는 텃밭에서 너희들의 심성도 부드럽게 자라기를 기대한다. 사랑하는 아가들아~!"

이튿날 아침 식사 역시 새싹비빔밥, 식탁 위에 반찬 그릇이 보이지 않는다. 고추장 통과 참기름병, 그리고 할머니표 청국장 냄비. ㅎㅎ 그리고 강촌의 일촌과 그 가족들은 약속대로 2박 3일의 여행을 마무리하고 자기들의 일터로 돌아갔다. 백숙을 끓여내고 삼겹살과 감자를 구워내던 화덕은 숯과 재만 남아 쓸쓸하고 그들이 쓰던 도구들이 정리된 모습, 그 또한 쓸쓸하다.

그러나~~그들이 떠나간 지난밤이나 오늘 아침에도, 가족들의 맑은 웃음이 남아 메아리 도는 채마밭에는 야채들 크는 소리, 새들의 노랫소리가 들려오고 있으며 밝은 햇살은 어김없이 나의 뜰을 찾아들었다. 아마도 그들은 내가 원하는 한 내 곁에서 영원하리~~!

벌이 잉잉거리는 소리도 노트북에 담아 놓아야지 ㅎ

전원생활 한 달,
오오~ 감동
- 2011년 6월

오늘이 전원생활 시작한 지 한 달이 되는 날, 한 달의 삶을 정리해 본다. 그냥 한 마디로 표현한다면 '감동' 그리고 '설렘'이다. 부와 명예의 욕망으로 얼룩져 있는 세상, 허망감이나 실망스러움을 느끼기도 하고 때로는 부담이나 배신감을 느끼기도 하면서 살았던 세상에서 비켜 선 전원생활, 한 달을 돌아보노라니 온통 감동으로 가득하다.

한 달 동안 오이 많이 자랐죠. 우리 '강촌농장(? ㅎㅎ)'에서 가장 잘 자라는 오이다. 옆지기는 이웃하고 있는 농장으로 하루에도 몇 차례씩 내려가서 농사짓는 법을 한 가지씩 배워 와서 따라쟁이 한다. 지주대를 세우고 줄을 매고 집게로 오이의 손을 잡아주는 것까지…. 따라서 좀 어설프긴 하지만 이웃집 농장의 오이밭과 조금은 닮아 있다. 옆지기는 우리 농장에서 오이를 가장 사랑하는 것 같다. 오이는 자기가 손 잡아주는 대로 말을 잘 듣는다나~~.

영~ 기운을 차리지 못하는 고추는 안쓰럽기까지 한 모습인데, 그런 와중에도 고추는 꽃을 피우고 열매를 달기 시작했다. 아마도 경험이 없어 두엄 깔기를 하지 않았기 때문인가 본다. 윗거름이라도 푸짐하게 주어서 성장에 도움을 주어야 할 터인데, 주인 잘못 만난 고추 가여워라.

정자나무 밑에 평상이 하나 있었으면 했더니 이웃 농장의 할아버지가 만들어 주셨다. 뚝딱뚝딱 3시간 만에 만들어진 훌륭한 작품, 아마도 그 할아버지는 젊은 시절 건축업을 하신 모양이다. 이웃들과의 관계를 살갑게 만들어 가는 일은 옆지기가 하고 있는 편이다.

채마밭에서 일을 하다가 커피 한 잔 하고 평상에서 목침을 베고 누우면, 정자나무 사이로 보이는 조각하늘이 참 아름답다.

"나물먹고 물마시고 팔을 베고 누웠으니/ 대장부 살림살이 이만하면 만족하다."

옆지기가 읊어주는 옛시 한 구절 ㅎㅎ

저녁 먹고 평상에 누워 하늘의 별을 세고 있는데 , 집 뒤뜰 인덕에서 반딧불이 반짝반짝 날아다니고 있다. 하늘의 별보다 더 많은 숫자의 반딧불이~~~

오오~! 얼마 만에 만나게 된 그들과의 해후인가.

장마가
이렇게 무서운 줄이야
- 2011년 7월

    장마가 시작된 지 약 20일째, 장마는 아직도 진행 중이다. 수십 년을 도회지에서만 살아온 나는 장마가 이렇게 무섭고 잔인한 것인 줄은 미처 몰랐다. 그저 그 아픔들이 자신과는 상관없는 일로만 여기면서 살아 왔다.

    특히 중부지방은 집중호우가 자주 있었다. 아직 장마는 끝나지 않았다고 하는데 따뜻한 느낌을 주던 양지마을도 장마는 피해가지 못했고 아직 우기에 찬 모습이다. 저기 안개 너머엔 팔당댐이 있다.

    손 잡아주는 대로 따라오며 풋풋하게 자라던 풋 야채들은, 미처 손쓸 사이도 없이 녹아버리고 오이순도 토마토도 비를 이기지 못하고 허리를 구부리고 있다. 자연의 재해에는 대책이 없다. 정말 아무것도 도와줄 일이 없다는 사실에 망연자실, 온 생계를 걸고 있는 농부들 앞에서는 입도 벙긋 못할 안타까운 현실이다.

    야채들이 녹아내리고 있는 와중에도, 내가 기다리던 봉선화와 토종

백일홍은 고운 색깔로 꽃을 피우고 있으며 닭장 위로 호박넝쿨은 힘차게 올라가고 있다. 같은 환경과 처지에서도 생활력과 그 본래의 성격에 따라 슬픔과 기쁨이 함께 공존한다는 사실이 경이롭다.

장마비가 잠시 쉬어 주는 막간에 한가한 시간을 만들고 있는데, 또 장대비가 내리고 있다. 닭장에 왕겨라도 넣어주고 토끼장에 마른 박스라도 넣어 주어야겠다. 많은 생명을 건사해야 하는 주인의 마음은 이래 저래 안타깝다.

법정스님의 '무소유'의 의미가 떠올려진다.

남한강변 두물머리 세미원, 비가 오니 할일은 없고 아들 가족과 연꽃 맞이 왔는데, 그래도 연꽃은 피었더라.

두물머리 연꽃 나들이

그래도 살아남아 준 것들이 있더라

- 2011년 7월

"전원생활에서 가장 어려운 것은 장마를 견뎌야 하고 또 겨울을 견뎌내야 전원생활을 즐기고 살아남을 수 있대요. 힘내세요, 아버지. 어머니."

장마가 예상을 넘고 재앙이 되기 시작하자, 고요하고 평화로워 보이기만 하던 양지미을도 술렁기리기 시작했다. 개울물로 밭 귀퉁이기 떨어져 떠내려가고 논둑이 터져 벼를 덮어버리는가 하면 시골길이 흙범벅이 되기도 했다.

휴일이면 다니러 오는 아들은 그가 근무하고 있는 서울 도심의 서초동도 물난리라며 처음으로 시골살이하고 있는 아버지, 어머니가 기운 잃을까 봐 걱정스러운 얼굴로 우리를 격려했다.

그나마 큰 수해에 비하면 우리는 여가생활 정도에 불과한 것이니 그리 실망할 부분은 아니지만, 예쁘고 싱싱하게 자라던 것들이 녹아내리는 모습을 보고 있으려니 안타깝다.

그러나 힘내자. 큰 재앙을 당한 이웃 농부들에게 비한다면 미안하지 아니한가.

　가족들에게는 내가 지주일 수도 있다. 아름다운 것들, 살아남은 것들만 담아내고 생각하기로 했다. 또 시작하면 되지 않겠는가. 내가 살아남아 있는 한, 나는 다시 씨앗을 묻고 새싹을 기다리고…. 그리하여 주변 사람들에게 나에 대한 믿음을 심어주어야 한다.

　문학 기행 때 받아 귀하게 여기며 보관해온 백일홍과 봉선화, 그리고 대구 금호강 변에서 받아 두었던 코스모스가 나를 바라보며 버티고 있지 않는가. 타향살이와 색다른 삶에의 서투름이 있지만, 서로 위로하고 격려해 주면서 자기 자리에서 자기 할 일은 해야 한다.

　땅콩은 힘 있게 꽃을 피우는데 뿌리를 드러내는 모습이 딱해서 흘러내린 흙을 북돋아 주었다. 그래도 무궁화는 그런 세상을 향하여 느긋하게 웃어주면서 꽃을 피우고 있다.

　예쁘게 솟아오른 새싹이 폭우가 쏟아져 녹아내리더라도 또 다시 묻을 씨앗을 나는 오늘도 준비하고 있다.

살아남아 있는 호박과 봉선화에 물주는 손녀 해솔이~

정겨운 양지마을의 이웃들
그리고 불어나는 식구들
- 2011년 7월

옆집에서 아랫집에서 연달아 선물을 들고 왔습니다.

마을에서 우리 집과 옆집을 쌍둥이 전원주택이라고 부르는데, 옆집에 사는 가족들은 서울에 거주하면서 주말에만 머무릅니다. 아저씨는 취미로 악기를 다루시는 것 같고, 아주머니는 그림을 그리는 화가인 깃 같아요.

세제를 쓰지 않아도 그릇이 깨끗하게 닦아진다면서 어젯밤이 늦도록 뜨개질해서 만들었다는 고운 색깔의 수세미와 표고버섯을 들고 왔습니다. 무엇을 들고 오지 않아도 옆집에 사람 소리만 들려도 반가운데….

해질녘에는 농가의 아랫집에서 할머니가 땀을 뻘뻘 흘리면서 방금 캔 마늘과 뜰의 앵두와 보리수 열매를 들고 왔습니다. 풋마늘은 아들 가족들 오면 돼지고기 구워먹을 때 된장 찍어 먹으면 맛있다는 설명까지….
시원한 바람 불어오는 뜰의 정자나무 그늘 밑에 앉아 마늘을 받아 든 내 손이 부끄럽고 시선 둘 곳이 마땅찮아지는 순간입니다.

이렇게 양지마을의 이웃들은 행여라도 새로 들어 온 이웃이 무더운

이웃들이 보내 준 선물들

대구에서 온 삼십 년 지기 오성회 벗들

여름인데도 가슴 시려할까 봐 따스한 손길을 내밀어주고 있었습니다.

그 따스한 손길 나는 어떤 방법으로 마주잡고 살아가야 할지….

그리고 새 식구가 들어왔습니다. 6살박이 손녀가 붙여준 이름, '토이, 토순이'도. 며칠 전 우리 가족이 된 토끼들입니다. 아직도 너른 터에 비하여 썰렁하다 싶으면 가족을 더 늘릴 수도 있겠습니다.

오늘 새벽에는 병아리, 아니 닭이 처음으로 울었답니다. 신기하기도 하고 또 어느 녀석이 이리도 서툴게 우는가 싶어 닭장을 들여다보았지만 도무지 알 수가 없었어요. 자신 있게 회를 치면서 새벽을 알리는 저 아랫마을의 수탉이 우는 소리와는 너무 다르던데요.

수줍고 서툰 저 울음소리~ 꼬끼오~~꼬끼오~~ 가슴 설레는 날들입니다.

요 며칠 사이에 서울에 살고 있는 얼굴이 뽀얀 멋쟁이 친구들, 그리고 멀리 대구 친구들이 찾아 왔습니다. 모두 이삼십 년지기 벗들입니다. 야채 좀 뽑아가라고… 지하수만 주어서 깨끗한 청정야채 좀 가져가라고… 씨앗을 너무 되게 뿌려 한밭 가득한 야채, 거기다가 소비할 요량을 하지 못한 채 야채밭 평수를 늘렸더니 지금 야채 소비가 감당이 되지 않습니다. 이웃들은 모두 자작하고 있고 멀리 있는 지인들에겐 풋것들을 보낼 수가 없고….

고요하기 이를 데 없는 산골, 윙윙거리며 야채밭을 돌아다니는 벌의 소리가 크게 들리는 산골의 한낮이면, 가끔 멀리서 들려오는 경운기 소리가 그 적막을 깨뜨리며 가까이에 사람이 살고 있다는 기적을 합니다.

손주들의 고추따기 따기, 8살 찬울, 6살 해솔, 5살 은솔, 4살 해범

작은며늘아가와 손주들

전원생활 백일,
기운 추스르기 ㅎ
- 2011년 9월

서투르기 짝이 없는 강촌이 용기 하나만 믿고 전원생활 시작한 지 100일이 넘었다. 그런데 그 기간 중, 반 넘게 장마가 57일! 그것도 중부지방은 거의 매일이다시피 집중 호우, 국지성 호우주의보….

그랬다. 시골의 생활이란 게 멀리서 보는 것처럼 평화롭고 아름답기만 하겠는가. 거기에 대한 마음의 준비와 각오는 어느 정도 하고 있었다. 벌레 알레르기, 풀 알레르기가 있는 나에겐 그것도 극복해야 하는 일이기도 했고…. 그런데 장마, 이런 국지성 장마에 대한 마음의 준비는 우리 가족 모두가 생각지 못했다. 비 오는 날의 차분한 분위기, 낙숫물 떨어지는 소리의 그리움, 맑게 불어난 개울물, 비온 뒤의 맑은 하늘…. 그런 아름다운 그림만 그렸었다.

생명을 잃고 재산을 잃은 사람들에게 비하면 알량한 걱정이라 할 수 있겠지만, 인내와 인내, 마지막 저축해 두었던 인내의 카드까지 뽑아들어야만 했다. 벌써 세 번째 씨앗을 묻었는데, 풋풋하게 올라온 새싹들은, 폭우 한 번에 모두 떠내려가 버리곤 했다.

"장마와 겨울을 잘 견뎌내야 전원생활에 성공한대요, 힘 내세요. 어머니."

주말마다 함께하며 지켜 본 큰아들이 나의 어깨를 감싸안으며 해 준 말이다.

내가 원하고 소원해서 선택한 길이니 옆지기에게도 또 자녀들에게도 지친 모습을 보일 수는 없다. 내 어깨가 처지면 온 가족에게 그 기운이 금방 전염된다. 기운 내자. 살다가 보면 견딜만큼 견디다가 보면 분명 해뜰 날은 있을 것이다.

4박5일의 여름 휴가, 작은애 가족은 멀리 울산에서 올라와 함께 보내고 있다. 풋나물들은 모두 녹아버렸지만 들깻잎과 풋고추는 남아있으니 그나마 다행이라고 해야 할까. 작은 며늘이가 손주들을 향해 가메라를 누른다. 며칠을 기다려도 햇살 보기 어려울 것 같으니 이슬비를 맞으면서….

장마로 인하여 최소한으로 움직이며 아쉽게 보낸 귀한 휴가 기간이었지만 함께 할 수 있는 것만으로도 귀하게 여겨야만 하는 날들이었다. 손주들이 커 가고 있는데 이렇게 가족들이 전원에 모여 우리 부부를 중심으로 함께 할 수 있는 여름휴가를 내 생애에 몇 번이나 더 가질 수 있을까. 손주들이 크며 각자의 생활에만도 바빠지지 않겠는가. 곰곰이 생각해 보면 오늘 이 시간이 더욱 소중하게 여겨진다. 또한 우리 부부도 나이 들어가고 있지 않은가.

장마 속에서 휴가를 보내고 모두 떠난 자리 우리 부부는 다시 조용하게 남아 일상으로 돌아왔다. 옆지기는 무름병이 번지고 있는 고추의 상태를 살피고 있다. 이제 심한 빗줄기는 내리지 않겠지 하고 있는데, 오후에 또 갑자기 벼락을 동반한 소나기가 한 시간 정도 쏟아졌다. 가을배추와 무 모종 속잎이 올라오고 있던데… 그 여리디 여린 것이 성할까!?

옆지기가 맥 빠진 목소리로 말했다.

"씨앗 사 놓은 것 있어?"

"그럼, 그럼요. 충분하게 준비되어 있슴다. ㅎㅠㅠ"

날이 들면 우리는 또 모종이 떠내려 간 자리에 씨앗을 묻을 것이다.

며늘아가와 블루베리 따기

2부

마을에서
피어오르는 연기는
그리움이다

뜰에 박꽃은 피었는데~~

따돌림 당한 병아리 갈랑이와 놀아주고 있는 손녀 해솔이

세상과 돌아앉은
또 다른 세상살이
- 2011년 9월

잠자리가 날아와 울타리에 앉아 있다. 한 가족이 다 모였는가, 한두 마리가 아니고 길게 줄을 서서 앉아 있다. 적당한 간격을 두고 앉아 있는 그들을 물끄러미 바라보고 있노라면 꼭 무슨 약속을 한 것 같은 느낌이 든다. 한 마리가 날갯짓을 하면서 고요히 일어나면 울타리에 줄을 서서 앉아 있던 동료들은 소리 없이 따라 일어나서 마치 숲 속에 숨어있던 복병들이 함성을 지르듯이 어지럽게 돌아다니다가는 다시 돌아와 줄을 그으며 앉는다.

그들은 소리를 내지 않는다. 매미처럼 소리 높여 노래를 부르지도 않고 새들처럼 푸드득거리며 날갯짓을 하지도 않는다. 날아다니는 소리도 울타리에 앉는 소리도 눈으로 볼 수 있을 따름, 울려 퍼지는 소리가 없다.

고요하기 이를 데 없는 산골의 한낮이다. 매미가 노래를 멈추고 쉬는 시간이면 숲 속엔 소리가 없다. 이따금 바람이라도 불어오면 풀잎들끼리 몸을 부비는 소리가 들려올 뿐, 개미 기어 다니는 소리라도 들릴 듯이 고요하디 고요한 한낮이다.

오늘도 소풍 나온 것 같은 마음으로 뜰에 놓인 평상에 나와 앉았다. 시원한 바람이 불어오기에 평상에 벌렁 드러누워 나뭇가지 사이로 조각난 하늘을 올려다본다. 구월의 초하룻날, 하늘은 또 왜 저리도 푸르고 고운가. 고운 하늘을 올려다보고 있으려니 가슴이 아파오며 눈물이 핑 돈다.

여름 내내 먹구름으로 덮여 천둥 번개가 세상을 뒤엎을 듯이 소리치며 심술을 부리던 하늘, 그 하늘이 오늘은 눈이 시리도록 푸르고 곱다. 저 하늘이 그때의 그 심술궂던 하늘이 맞는가, 의심스러울 정도다.

하늘이 푸르고 고우니 세상천지가 고요하고 평화롭다. 산골에서 비와 바람에게 시달리년서라도 살아남아 있으니 아름다운 하늘을 만나는구나. 본래의 하늘 빛깔은 푸른색이 아니었더냐. 어디에선가 먹구름이 흘러와 그들을 잠시 가렸을 뿐, 하늘의 푸르름은 사라진 것이 아니었다.

사람 마음도 그럴까. 태어날 때 사람들 본래의 마음은 아름답고 순수한 모습으로 지어졌을 것이다. 그런데 욕심과 심술, 그리고 질투가 하늘의 구름처럼 본인도 모르게 덕지덕지 달라붙어 고운 모습을 덮어버린 것은 아닐까. 하늘이야 구름이 걷히면 파랗고 고운 본래의 모습으로 되돌아 갈 수 있겠기만 사람의 마음에 드리워진 구름은 쉽게 드리워진 것도 아니겠지만 쉽게 거두어지지도 않을 것이다. 설사 거두어졌다고 하더라도 눈으로 확인할 수 있는 것이 아니니 사람에게서 한 번 실망하고 상처를 받으면 되돌리기가 쉽지 않다.

의지하고 신의로 다져져 있다고 생각했던 사람, 나이 들어도 나의 모든 것을 드러내놓으면서 서로에게 위로가 될 사이라고 믿었던 사람에게서 실망할 일이 있었다. 크게 가슴 아픈 일이었고 지금도 그를 생각하면 아프다. 마음을 주었던 몇 배의 크기로 나는 상처를 받았고, 크게 상처받을 수밖에 없었던 나 자신에 대하여 지금도 가슴앓이를 계속 하고 있다. 왜 나는 몇 배의 크기로 상처를 받았던가. 왜 홀홀 털고 아무 일도 없었던 듯 여유로울 수 없었던가.

잠자리 한 마리가 날아와 내가 만지작거리고 있는 노트북 모서리에 앉았다. 가벼운 몸으로 소리 없이 날아와 앉더니 고개를 갸우뚱거린다. 가끔 입을 오물거리며 입맛을 다시기도 하는데 노트북 모서리에 입맛 다실 그 무엇이 있는 것도 아니고 그렇다고 바짝 마른 움타리 나가에 배 불릴 일이 있어 보이지도 않는다.

가벼운 그의 몸짓이 부럽다. 그의 몸 어느 곳 하나 무게가 실려 있을 것 같은 부분이 없다. 무엇을 먹기 위해 사는 것도 아닌 것 같고 살기 위해 먹지도 않을 것 같다. 노트북 모서리에 하염없이 앉아있는 그의 날개를 살짝 잡아본다. 욕심이 없으니 누구를 경계하지도 않는다. 우둔하게 움직이는 내 손에 날개를 쉽게 잡히는가 하면 날개를 잡히고도 바둥거리지 않는다.

무엇을 잡은 느낌이 들지 않을 정도로 부피가 없는 잠자리의 날개, 그의 날렵한 몸짓과 그의 가벼운 무게를 닮고 싶다. 그를 닮아 가벼워질 대로 가벼워진 몸으로 그를 따라 나서보고 싶다. 그가 머무는 곳은 아마도 피안의 세계가 열려 있을 것 같다. 조용하고 평화로운 잠자리의 모습, 그 어디를 보아도 도저히 벌레를 잡아먹고 사는 곤충으로는 상상이 가지 않기 때문이다.

칼 붓세의 노래 따라 부르며 더욱 더 멀리 잠자리들을 따라 나서보고 싶다. 만지면 바스라질 것 같은 얇은 나래로 흐르듯이 날아가는 그들을 따라 흐르다가 보면 분명 '세상과 돌아앉은 또 다른 세상'이 펼쳐져 있을 것만 같다.

산 너머 고개 너머 먼 하늘에/ 행복이 있다고 사람들은 말하네
아! 나는 남 따라 찾아 갔다가/ 눈물만 머금고 돌아왔네
산 너머 고개 너머 더욱 더 멀리/ 행복이 있다고 사람들은 말하네

우리 집에서 mbc 전원일기 방영기념 전원마을이 보이는 마을전경

암탉이
수탉으로 둔갑
– 2011년 9월

　양지마을로 이사를 오자마자 먼저 시도를 한 것이 병아리를 사는 일이
었다. 병아리를 키워 튼실한 씨암탉을 만들고 그 암탉이 낳아 주는 알을
소중하게 모아두었다가 알을 품을 기미가 보이면 품게 하여 노란 병아리
태어나는 모습을 보고 싶었다.

　내가 여남은 살 먹었을 적에 개나리 피어 있는 담장 아래로 노란 병아
리를 소복하게 몰고 다니며 모이를 쪼아주던 어미닭의 모습은 나이가
들어가면 들어갈수록 큰 그리움으로 다가왔다.

　양평 장날이었다. 이삿짐을 옮기고 난 이튿날, 옆지기와 함께 장보기
를 하러 갔는데 먼저 작은 집짐승들을 파는 가축시장으로 갔다. 병아리
를 팔고 있는 아주머니에게 튼실하게 보이는 병아리 중에서 암탉 여덟
마리와 수탉 두 마리를 달라고 했다. 물론 우리는 주먹만한 병아리를
두고 암컷과 수컷을 구별하는 안목이 없기 때문에 각별하게 부탁했다.
씨암탉으로 키울 것이니 튼실한 암컷으로 달라고…. 아주머니는 병아리
를 골라 박스에 담아주면서 친절하게 말했다. 두 서너 달만 지나면 알을

쑥쑥 낳을 것이라고….

박스에 담아온 병아리를 닭장으로 옮기고 있노라니 마음이 충만해졌다. 크게 힘들이지 않고 이렇게 간단한 수고로 마음이 충만해지는 일도 있구나. 길다면 길게 살아온 나의 삶에서 가장 쉽게 '행운을 구한 것' 같은 생각이 들었다.

사람이 살아가면서 비싸고 화려하고 고상한 것에서만 즐거움과 행복을 찾으려고 한다면 그 기대를 충만 시키는 데는 얼마나 많은 에너지와 시간, 또 경쟁력이 필요하던가. 치열한 경쟁을 하면서 아등바등 살아가는 세상에서 경쟁의 자리 하나 내어주고 시골로 들어오기를 잘했다는 생각까지 드는 순간이었다. 누구와도 경쟁하지 않고 내가 가짐으로 인하여 상대가 박탈감을 느끼지 않을 행복, 작은 가축으로 식구를 늘이고 푸성귀를 기꾸고 풀꽃을 사랑하는 것만으로도 이렇게 행복할 수 있는데….

내가 거두어야 할 식구들이 늘어나자 나는 다시 신바람이 났다. 내가 모이통을 들고 나가면 병아리들은 요리조리 몰려다니면서 반가워했고 풀잎을 들고 나가면 토끼들은 귀를 쫑긋거리면서 입을 오물거렸다. 그래, 기회를 만들기만 하면 아직도 나를 필요로 하는 곳은 얼마든지 있다.

열심히 그들을 거두었다. 빨리 커서 알 낳아 놓고 놀랜 가슴으로 '꼬꼬댁~' 하면서 울어줄 날만 기다리며 야채와 두부를 다져주고 간식거리들을 챙겨주면서 닭장을 풀방구리 쥐 드나들듯 들락거렸다. 그렇게 닭장을 들락거린 지 두어 달이 지나자 어느 날 새벽, 병아리가 홰를 치면서 크게 울었다. 오오, 얼마 만에 가까이에서 들어보는 새벽닭의 울음 소리 뇨. 그러니까 오늘 병아리의 울음소리는 병아리에서 수탉이 되었다는 신호가 아닌가. 경이로운 일이었다.

그런데 시간이 지나면서 차츰 고개를 갸우뚱거릴 일이 생겼다. 수탉 이라고 산 것은 두 마리뿐인데 닭의 울음소리가 여러 가지 음성으로 들 리는가 하면, 닭 열 마리의 대부분 머리에서 보일락말락 하던 벼슬이 점점 커지고 있는 것이 아닌가. 날이 가고 닭들이 커 갈수록 수상한 징후 가 나타나기 시작했다.

수탉 암탉 구별하는 방법을 찾아 인터넷 검색을 해보기도 하고 가족들 의 의견을 들어보기도 했지만 믿음이 가지 않아 농가에 사시는 할아버지 를 모셔왔다.

"암탉이 한 마리도 없는데, 허허허…."

아연했다. 그리고 슬펐다. 이런 일도 있구나. 어디서 어디까지 사람을 믿고 세상을 의지하며 살아야 하는 걸까. 도회의 각박한 삶에 지친 심신 을 쉬고자 찾은 곳에서도 역시 긴장을 풀고 살아갈 수 없다는 사실이 씁쓸했다. 어서 알 낳아 병아리 품는 모습을 보는 일도 손자 손녀들의 손에 따스한 달걀을 쥐어 주는 꿈도 모두 접어야 하는 순간이었다.

지금 닭장에서는 잘 거두어서 살이 붙은 수탉 열 마리가 찍고 물며 닭장이 날아갈 듯이 싸움질을 하고 있다. 오죽하면 '닭싸움 같다'라는 말이 있었을까를 실감하는 순간들이다. 모두 수탉 노릇, 가장의 노릇을 해야 할 만큼 성장했건만 사랑해야 할 아내도 건사하고 돌보아야 할 자식도 없는 그들은 에너지를 소모할 일이 없다. 힘이 남아돌아서인가, 서로 눈만 멀뚱거리며 바라보다가 하릴없이 트집을 잡아 그 중 힘 센 녀석이 기세를 몰고 가면 닭장 안에는 비명소리가 커지고 더러는 피투성이가 된다.

　'이제 저들을 어찌 할꼬…. ㅎㅎ'

손주들이
보고 싶다
- 2011년 9월

자연과 함께 하며 행복하게 지낼 수 있다는 것은 사람의 노력만으로는 될 수 없다는 사실을 절감한 지난여름이었다. 하늘, 바람, 비 등등, 사람의 힘으로 어쩔 수 없는 자연들이 도움을 주지 않는 한, 인간은 그 자연 앞에서 그들이 흔드는 대로 흔들리는 미물에 불과하다는 사실을 절실하게 겪었다.

오늘의 맑은 하늘과 바람을 눈과 마음에 충전해 두어야지, 또 예고 없이 쓸쓸한 날이 온다면 그 충전해 놓았던 아름다움을 꺼내 보충하리라. 세상은 더구나 자연은 절대로 내 마음대로 움직여 주지 않는다. 그런 환경에서도 어떤 마음으로 세상을 바라보느냐는 전적으로 마음먹기 나름이며 본인의 몫이다.

손주들이 보고 싶다.

지난여름 휴가 때 있었던 일이다.

감자 캐는 날 해범이와 해솔이, 아빠는 개구쟁이 ㅋㅋ

해솔, 은솔이와 찬울이 지난 날

아름답고 풍요로운 자연에서도 늘 음과 양은 있다. 조심한다고 했지만 큰손자 찬울이가 밤중에 말벌에 쏘여 혼쭐이 났다. 급하게 병원 응급실로 가서 해독제 주사를 맞아 후유증은 없었지만 온 식구가 너무 놀랐다.

사실 그냥 벌도 아닌 말벌은 위험하다. 우리 집 근처에서도 말벌 집을 119에 신고하여 두 번 철거한 적이 있다.

세상살이는 언제 어디서나 선과 악은 공존한다.

전원의 삶은 그냥 즐겨서만 될 일이 아니라 자연의 순리를 따라 잘 관리하면서 살아야 사고를 줄일 수 있다는 교훈을 얻는다.

송충이는
솔잎만 먹고 살아야 한다지만~
- 2011년 10월

　내가 전원생활을 하겠다고 벼르는 것을 알면서부터 옆지기(남편)는 늘 불편한 심기를 드러냈다.

　"산골에 가서 뭐하고 살 건데, 흙 다루면서 살아오지 않은 우리에게 시골살이가 그리 쉬운 일일 깃 같아. 멀리서 바라보고 하루 이틀 다니러 갔을 때 아름답게 보이는 거라네, 이 사람아, 그저 꿈으로나 꾸고 사시게."

　그렇게 나의 전원생활의 꿈에 대하여서는 생각할 여지도 없는 일이라는 듯 늘 찬물을 끼얹던 그였다. 그렇다고 이제 와서 서로 딴살림을 차릴 수도 없는 일이 아닌가.

　학연도 지연도 없는 타향인 대구에서 청춘을 보내고 장년을 살아온 옆지기, 사십여 년을 큰 풍파 겪지 않고 주변에 구차한 모습 보이지 않으면서 살아오느라 겪었을 타향살이의 외로움을 내가 왜 모르겠는가. 그 외로움을 다스리기라고 하려는 듯 그는 어떤 인연으로든 만나게 된 사람들을 소중하게 여겼고 그 돈독한 친구들과 바둑 두거나 운동하기를 즐기고 있었다. 그렇게 살다가 보니 언제부터인가 대구를 제 2의 고향인 듯 살아가고 있는데, '나의 꿈 어쩌고…' 하면서 퇴직만 하면 대구 떠날 생각을 하고 있으니 사실 기가 막힐 일이었을 것이다.

그러나 그가 퇴직을 하고 건강이 나빠지면서 그는 나에게 설득 당하기 시작했다. 여가만 있으면 기원에서 시간을 보내기가 일쑤인 그의 하루하루가 건강에 도움 되지 않는 일이라고 생각되었기 때문이다. 친구들 자주 만나지 못하게 되는 삶이 얼마나 잔인한 일이라는 것을 나도 잘 알지만, 그보다 더 중요한 일은 큰 수술을 한 뒤인지라 그의 건강을 보살피는 일이었다.

결국 공기 맑고 깨끗한 채소들을 손수 키워 먹을 수 있는 시골로 가야 한다는 의견에 가족들이 합의를 보게 되었고, 방향 선택은 서울 살고 있는 큰아들이 서울에서 한 시간 거리인 경기도 양평으로 주선을 해준 것이다. 울며 겨자 먹기로 나에게 손목 잡히고 아들과 며느리에게 등 떠밀려 오게 된 타향살이의 전원생활 시작이었다.

그런데, 산골로 이사를 오고 나서 곁에서 바라보고 있는 나는 염려스럽고 안타까운 생각이 들었다. 옆지기는 전원의 삶에 마음을 붙이지 못하고 귀한 물건을 어디에다 두고 온 것 같이 초조해 하는 모습 하며 남의 삶에 들러리 선 것 같은 어정쩡한 표정.

'이걸 꼭 해야 돼? 사 먹으면 되지, 힘들게 그건 무엇 하러 심어? 얼마 먹는다고….'

옆지기와 아들의 한가한 시간. 바둑은 어림잡아 맞수. 2급 수준?

아들 가족들의 축구시합 가는 날

이렇게 생각하면 절대로 해답이 나오지 않는 전원생활이다. 자기 주장이 강한 그는 적응하려는 노력은 하지 않고 아이들처럼 사사건건 트집을 잡았다. 대구에서 오는 친구들의 전화를 받으면 어른답지 않게 울먹거리면서 약한 모습을 보이기도 했다.

결국 그는 소원했던 학교 동기들을 만나러 서울 나들이를 자주 하게 되었고 읍내에 나가 서예학원을 기웃거리는가 하면 기원을 찾아 다녔다. 도무지 풀과 나무와 흙을 벗 삼아 행복할 수 있는 사람이 아니라는 생각을 하노라면 딱하기도 했고, 나의 선택이 무리였나 하는 마음도 들었다. 함께 사는 사람이 뜻이 같아야 아름다운 그림을 그릴 수 있지 않겠는가.

그러던 지난 해 연말, 추위가 영하 20도를 오르내리던 날이었다. 그는 '양평군 시니어 바둑대회'에 나가 우승했다면서 상금과 상패를 받아왔고, 며칠 후 문화센터에서 재능기부로 봉사해 주기를 바란다는 제의를 받았다. 그렇게 말하는 그의 표정이 모처럼 환하게 밝았다. 얼마나 오랜만에 보게 된 그의 웃음인가.

기원에는 자기와 비슷한 처지의 사람들이 모이고 또 취미가 같다 보니 뜻이 통하기도 하는가 보다. 그는 지금 문화센터로 주중에는 매일 출근하다시피 하고 있다. 송충이는 솔잎을 먹고 살아야 함을 증인이라도 서려는 듯.

앞뜰과 뒤뜰에 코스모스들이 자유롭게 피어 한가롭다. 씨를 뿌리고 모종을 할 때에는 질서 있게 줄을 맞추고 키를 맞추어 심었다. 그런데 비와 바람에 시달리고 토양이 습기가 많아서였을까. 지금 코스모스 밭은 질서를 무너뜨리고 제멋대로다. 보기 나름으로는 차라리 자유롭게 어울리고 있는 그 모습들이 더 평화롭게 보이기도 하다.

한해살이 꽃도 날씨와 토양에 따라 내 뜻대로 되어주지 않는데 하물며 육십수 년을 자기 뜻대로 살아오는데 길들여진 사람임에랴…. 그것도 버겁기 짝이 없는 남편인 그를….

옷이나 손에 묻은 흙을 찝찝해하며 톡톡 털고 있는 그, 손에 풀물이 배는 것을 두고 못 보는 그를 바라보고 있노라면 가슴이 시리다. 낙엽을 쓸고 있는 아버지를 바라보다가 섭섭해 하는 나에게 아들 왈,

"어머니, 그래도 아버지 많이 변하지 않으셨나요. 많이 양보하신 것 같은데…."

뒷산 낙엽 위에 알밤 떨어지는 소리가 들려온다. 고라니로부터 콩밭을 보호하고 있던 누렁이가 알밤 떨어지는 소리에 놀라 하릴없이 컹컹 짖어대는 산골의 한낮, 벼 이삭이 익어가면서 고개를 숙이고 있는 농촌의 들녘은 오늘도 고요하고 평화롭기만 하다.

마을에서
피어오르는 연기는 그리움이다
- 2011년 10월

　가을의 한가운데는 이를 데 없이 풍성하다. 들에 나가도 집안을 둘러
보아도 천지가 풍성하다. 코스모스가 풍성하게 피어있고 들의 곡식들도
누렇게 익어가고 있다. 지난 여름의 악마같은 장미는 까맣게 잊어버렸
다.

　해질녘 양지마을에 연기가 모락모락 올라오고 있다. 저녁나절 마을에
서 올라오는 연기는 그리움이다.

　집 앞의 단풍나무도 뒤뜰의 낙엽송들도 단풍으로 물들고 있다. 미리
단풍들어 나뭇잎 우수수 떨어지는 쓸쓸한 자리를 구절초와 용담들이 그
윽한 향기를 풍기며 메꾸어 주고 있다. 그렇게 시간은 흐르고 가을은
깊어간다.

　대구에서도 서울에서도 풍성한 가을을 함께 하기 위해 친구들이 수시
로 찾아온다. 나를 찾아오는 벗들을 생각하며 내가 가꾸어 놓은 고구마
와 땅콩을 쪄내고 솔잎 켜켜로 놓아 감자송편을 쪄내는가 하면, 내가

키운 병아리로 미안하지만 삼계탕(?)을 끓여내기도 한다. 산골에서 보여줄 수 있는 가장 산골스러운 모습들을 만들어내기 위해 마음을 쓴다. 이웃 농가에서 싣고 온 깻대로 불을 지펴 시래기를 삶아내기도 하고 타올 등 빨래를 푹푹 삶아 따가운 가을 햇볕에 탁탁 털어 말리기도 한다. 타닥타닥~~ 깻대 타는 소리가 고요한 산자락을 더욱 고요하게 만든다.

강촌은 그렇게 차츰차츰 산골의 여인이 되어가고 있다.

양지마을 아랫동네 가을의 저녁나절

경운기로 장작을 실어다주는
이웃 어른들이 있기에
- 2011년 10월

    가을은 변화가 많은 계절이어서인가, 소풍 온 것 같은 나날들이다. 아침 햇살을 받고 있는 계곡의 은행잎이 너무 곱다. 기온이 낮아지기 시작하니 단풍 색깔도 나날이 다르게 고와진다. 우리 집도 가까이서는 모르고 있었는데 멀리서 바라보니 단풍에 둘러싸였다.

    고운 단풍을 만들어내고 있는 날씨다 싶었더니 하룻밤 서리를 맞고 싱싱하던 호박순들이 주저앉아 버렸다. 그러나 서리를 맞은 배추는 씩씩하게도 한낮의 가을 햇볕을 받고 다시 살아나 속을 채워가고 있다. 같은 자리에서 같은 서리를 맞고도 죽는 것이 있는가 하면 살아남는 것도 있더라.

    우리 사람이 사는 세상살이도 그런 것이 아니겠는가. 같은 환경에서도 못 살겠다 소리치는 사람이 있는가 하면, 이정도의 고생이야 하면서 거뜬하게 살아가는 이도 있으니, 이래저래 풍파 많은 세상에서도 세상은 알록달록하게 이어지고 있나보다.

정을 담아 장작을 실어다 주신 이웃 어르신들

해바라기 백일홍 만발한 뒤뜰 채마밭

이웃하고 사는 어른들께서 내가 자주 모닥불 피우는 것을 보셨는가, 경운기로 허드레 장작을 실어다 쌓아 주셨다. 고마운 마음에 점심과 막걸리를 대접했다. 장작이 없으면 언제든지 갖다주겠으니 걱정일랑 놓으라고 말씀들 하시니 이 얼마나 든든한 후원자들인가. 덕분에 아침마다 넉넉하게 장작불을 지펴놓고 소원하던 산골다운 멋을 부리면서 살아갈 수 있게 되었다.

장작불 쬐면서 물을 끓여 커피를 마시는 멋도 부려보고, 우리 집을 지나서 들에 일하러 가는 이웃들에게 번거롭지 않게 따뜻한 차도 드릴 수 있게 되었다. 사실 촌로들이라고 하지만 전원주택 바람으로 이곳 양평에는 농토 값이 올라 모두들 부자 이웃들이다.

군밤도 굽고 고구마도 구우며 따뜻한 하루를 맞는다. 장작이 쌓여있으니 그냥 배가 부르고 마음이 푸근하다. 눈이 두텁게 쌓인다는 이곳 산촌, 겨울도 전원생활에서 피해갈 수 없는 부분이니 추위를 두렵게만 생각할 것이 아니라 잘 맞이하고 그것 또한 즐기면서 살아야 할 마음의 준비를 해야 한다.

어영부영 하다가 보면 산촌의 가을날은 짧기만 하다.

이 아침도 자유를 만난 병아리들은 분주하다. 사랑과 자유. 그리고 평화가 무한하다.

옆지기 김장도우미 중…. 그 도도하던 옆지기 이렇게 변해가고 있슴다. ㅎㅎ

자유와 평화를
함께 만난 병아리들
- 2011년 11월

"전원에서 살아가자면 장마와 겨울을 잘 견뎌야만 전원생활에 성공할
수 있데요."

산골에 서리가 오고 기온이 영하로 내려가자 부모님 살아가실 일이
걱정된 아들은 가오를 단단히 하라는 듯 가끔 이런 다짐을 주었다. 비어
져 가고 있는 텃밭이 쓸쓸하게 느껴지던 어느 날, 옆지기가 한 가지 제안
을 해 왔다.

옆지기: 텃밭이 심심한데 우리 병아리들 닭장에 가두어 놓지만 말고 풀
어 놓아볼까?

강촌 : 에구구~ 도망가면 어찌하려구~. 그리고 이웃집 밭으로 가서 저
지레를 하면 어떻게 해?

옆지기 : 우리 집이 넓잖아, 도망 안 갈 껄, 옛날에는 다들 그렇게 키웠
는데…. 도망 가도 저녁이면 집 찾아 온다고….

강촌 : 그럴까, 아직 병아리인데…. 솔개가 채어가지는 않을까, 여러 가지로 걱정되긴 하지만, 참 예쁘고 재미는 있겠다. 시험 삼아 한 번 풀어 놓아 볼까. ㅎㅎ

그날 바로 우리는 닭장 문을 열고 병아리들에게 자유를 주었다. 처음 닭장 문을 열어놓았을 때 병아리들은 바깥을 기웃거리기만 할 뿐, 밖으로 나올 생각을 하지 않았다. 태어나서 갇혀만 살아온 그들에게 바깥세상은 영 생소하고 두렵게만 보였는지 목을 길게 빼고 두리번거리면서 바깥세상을 탐색하기에 바빴다. 한나절을 그렇게 기웃거리기만 하더니 드디어 한 발짝 두 발짝 바깥 세상에 발을 내놓기 시작했다. 그 조심성 있는 모습이 참으로 귀엽고 기특했다.

텃밭에서 함께 생활하게 된 지 일주일째 되는 병아리들은, 마치 강아지처럼 나를 졸졸 따라다니면서 재롱을 부렸다. 내가 화덕에 불을 지피고 있으면 화덕 주위를 맴돌고, 시금치를 솎고 있으면 시금치를 쪼아댔으며, 내가 배추밭을 서성거리면 배추 속을 파먹으면서 나를 맴돌았다. 비록 김장하고 남아 있는 무와 배추가 아작나고 있기는 하지만, 나를 따르는 그들과 함께 하면서 비로소 새로운 사랑을 느끼게 되었다.

병아리들은 모이를 주고 자기들을 돌보고 있는 나를 알아보고 나를 따르는 것이다. 그 작은 머리와 눈으로 내가 자기들을 해치지 않을 사람이라는 것을 알아주는 일도 참으로 신기하지만, 또 자기들의 영역을 벗어나지 않고 해가 졌다 싶으면 정확하게 자기 집으로 들어가서 서로 몸을 맞대고 감싸 안으면서 잠자리를 준비하였다.

병아리들에게 자유를 준 일로 뜰의 분위기까지 바뀌었다. 자유롭게 흙을 파고 날아보기도 하는 그들을 보고 있으면 평화로운 분위기가 저절로 만들어졌다.

'자유와 평화' 얼마나 아름다운 단어인가.

초겨울의 썰렁한 텃밭이지만 나를 따르는 그들이 있기에, 그들이 자유롭게 노니는 뜰에 평화가 가득하기에 나는 화덕에 장작불을 지펴놓고 병아리들이 노니는 뜰에서 보내는 시간이 많아졌다. 동치미와 김장도 땅을 파고 묻어 놓았고 무도 묻으며 이웃 농가들이 하는 일들을 우리도 비슷하게 따라하면서 농가의 모양을 만들어 간다.

이 겨울도 나의 인생에서 잘라낼 수 없는 부분이라면, 겨울만이 느낄 수 있는 일들 즐기면서 살아보리라. 주어진 환경을 잘 이용하여 엮어나가노라면 알록달록한 전원일기가 이어질 수 있을 것이다.

3부

노랑이와 병아리
그 줄탁동시의
신비

전원에서
겨울 보내기ㅎㅎ
- 2011년 12월

흙이 얼어 흙놀이를 할 수 없고 꽃놀이 풀놀이도 할 수 없으니, 나름대로 산촌에서 우울하지 않게 살아남을 궁리를 해야 한다. 사람 사는 세상이니 찾아보면 분명 재미있게 살아갈 일들이 있을 것이다.

움직이지 못하면서도 매력적이고 그윽한 향기를 풍겨주던 정원의 꽃, 그리고 풀꽃들이 없어진 마당에 병아리들이 그 공간을 누비면서 나의 관심을 끌어주었다.

잔디밭으로~ 또는 낙엽이 폭신하게 자리를 깔아 주는 뒤뜰에서 병아리들은 먹을 것을 찾아보기도 하고 놀이를 하고 낮잠을 청하기도 하면서 자유롭게 놀았다. 그 노니는 모습들을 하나하나 지켜보고 있노라면 참 재미있다. 병아리들도 성격이 제각각이라 노는 모습들이 모두 다르다. 거칠게 설쳐대는 녀석이 있는가 하면, 조신한 아가씨 같은 녀석도 있다. 아무래도 암탉들의 노는 모습이 얌전하다. 그들의 노니는 모습을 보고 있노라면 마음이 평화로워진다.

하릴없이 심심해질 때면 쌀 한 줌 들고 나가 '구구~구구구~' 하면서

병아리들을 불러 본다. 어린 시절, 나의 어머니가 병아리들을 불러 모으던 기억을 되살려 나도 그렇게 병아리들을 불러보았다. 처음에는 '구구구' 하면서 부르는 소리가 자기들을 부르는 소리인 줄 모르는 것 같았다. 그런데 자주 반복을 하면서 쌀을 뿌려 주었더니 언제부터인가 그들도 알아차렸다. '구구구…' 소리에 날아오듯이 모여들고, 이제는 나만 보면 졸졸 따라다닐 정도로 친해졌다. 마치 강아지처럼….

이제 머잖아 잔디 위에도 텃밭에도 눈이 내릴 것이다. 그 쓸쓸한 공간을 채워 줄 그들이 있다고 생각하니, 뜰이 비어 있다는 생각이 들지 않는다. 하얀 눈 위에서 병아리들과 함께 살아 갈 삶을 그려본다. 움직이는 사물체는 식물들과는 또 다른 정겨운 모습을 보여준다. 사람에게 말을 하게 만들어 준다. 나를 겁내지 않고 졸졸 따라다니는 그들을 닭장 안에 가두고 키울 때보다 더 사랑하고 아끼는 마음이 자라났다.

오늘은 기온이 영하로 뚝 떨어졌다. 이런 날엔 아무래도 실내에서 보내는 시간이 많아진다. 지금껏 결코 헛되이 살지 않았음을 증명이라도 하듯이 활동하던 지역에서 이곳 산골까지 동인지들과 문집들을 보내주었다. 가까이 있을 때는 당연하게 받았던 책들이 이리 고맙게 생각되는 것은, 내가 외롬을 타고 있는 탓이기도 하지만 멀리까지 수고를 마다하지 않은 문우들의 정성이 새삼 따사롭게 다가오기 때문이기도 하다.

문우들을 한 사람씩 떠올려 필자의 심중을 짚어보면서 글을 읽는다. 동짓달 산골의 밤은 깊어만 간다.

가보지 않은 길
걸어가기ㅎㅎ
- 2011년 12월

올해 처음으로 눈이 하얗게 쌓였다. 많은 눈은 아니었지만 어지러운 검불들은 가릴 만 했다.

눈이 오면 무엇을 할까. 눈 오는 겨울밤에 모닥불 피워놓고 누구와 곁하고 앉아 군고구마 뜨거운 김 호호 불며 국화차 향기 나눌까. 누구와 편안한 마음으로 가장 평화로운 가슴으로 모닥불 거두어 주면서 살아온 삶 되짚어 이야기해 볼까.

나는 지금 한 번도 가보지 않았던 길을 선택하여 걸어가고 있다. 농촌에서 맞이하는 겨울, 그리고 눈 쌓인 산골.

아파트의 편리한 문화에 젖어 편안하게 살았던 수십 년의 세월을 마무리하고 선택하여 찾아온 두메 산골살이, 어찌 살 거냐고 염려하는 사람들과 아름다운 삶이라고 부러워하는 사람들, 다른 의견이 반반인 삶이다. 누구의 말이 정답일까.

주변 사람들이 걱정하던 겨울은 드디어 다가왔고 이제 나는 내가 살아

보지 않았던, 가보지 않았던 미지의 길을 가고 있다. 눈이 쌓이면 꼼짝 못하게 갇혀버린다고 주변 사람들이 겁을 주던 산골의 겨울살이. 어제 눈이 온다는 일기예보를 듣고 갇혀서 꼼짝 못할 때를 대비하여 장보기를 했다.

우유, 야쿠르트, 도루묵, 떡국, 강냉이, 과일, 고구마, 활명수, 쌍화탕, 파스, 그 생필품의 대부분이 먹어 치우는 것들, 상비약들을 챙기면서 나는 웃었다. 하하하

병아리들도 한 번도 가보지 않은 하얀 세상을 낯설어하는 눈치다. 눈을 보고 고개를 갸우뚱거리는 모습이, 어쩐지 내 모습을 닮았다. 닭장문을 열어 주었는데도, 선뜻 바깥으로 발을 내딛지 못하는 병아리들, 살피고 살피며 또 고개를 갸우뚱하고…. 그런 어설픈 모습들이 나를 닮았다 싶어 혼자 피식 웃었다.

결국 호기심과 두려움 가득한 모습으로 집을 나온 병아리들은 이리저리 머무를 곳을 찾더니 마른 낙엽들 속에 소복하게 모여 앉았다.

그들이나 나나 가 보지 않은 미지의 세계는 호기심과 두려움으로 가득하다.

손자 10살 찬울이와 8살 손녀 해솔이의 집 뜰 언덕에서 눈놀이

해범이 장하다 ㅎㅎ

8살 손녀 해솔이와 7살 손녀 은솔, 6살 손자 해범이
집 뒤뜰 언덕에서 눈놀이

아들과의
대화
- 2012년 1월

눈 쌓인 산골, 눈으로 뒤덮여 길이 막혀버렸을 때의 어려움을 마을 사람들로부터 건네 듣고 그 눈에 대비하기 위하여 마음의 각오를 단단히 하고 있는 중인데 불행인지 다행인지 아직 눈다운 눈은 오지 않고 있다.

팍팍해진 대지 위에 보름달이 휘영청 밝은 밤이다. 이런 밤이면 코트 깃 높이 세우고 털목도리 두르고 발걸음 옮길 때마다 가랑잎 부서지는 소리 들으면서 호젓하게 뒷산의 오솔길 걷고 싶다. 겨울 달밤에 산길 걷고 싶다는 어미를 휴일에 다니러 온 아들이 따라 나섰다.

"아들, 엄마는 아무래도 나이 값을 못하는 것 같아. 이렇게 달 밝은 밤이면 산책하고 싶은 마음이 자주 일어나는데 그런데 혼자 밤 산책을 잘하지 못해. 산책하다가 보면 아름다운 글 쓸 소재들이 떠오를 것도 같은데…. 왜 그리 무섬증이 일어나는지…. 금방이라도 산에서 멧돼지가 내려 올 것 같고 누가 뒤에서 목덜미를 덥썩 잡을 것도 같고…. 아무것도 가진 것도 없고 마음을 비웠다면서 말 따로 행동 따로인 것을 보면…. 나 자신에게 하고 있는 말들이 모두 거짓인 것 같아. 박경리 선생님이나 법정스님 같은 분은 수십 년을 인적 드문 산골에서 사셨는데, 그렇게 살아야만 사고가 깊어질 터인데…. 그 분들도 무섬증은 있었을까. 그러고 보면 에미는 너무 모자라는 사람이라 깊이 있는 글쓰기는 틀렸다 싶어…. 그런 생각하다가 보면 괜스레 쓸쓸해져….어쩌지~."

"어머니, 그렇게 무섬증 타는 어머니가 지극히 정상이라고 생각되는데요. 그분들, 그 큰 분들, 모두 보통 분들이 아니잖아요. 특별한 분들에게 비교하면서 자신을 위축시키고 아파하지 마세요. 이렇게 무섬증도 타고 쓸쓸하다고 힘들다고 불평도 하시고 도움도 요청하면서 보통 사람으로 살아가는 엄마가 저는 훨 좋아요. 그래야만 저희들도 할 일이 있죠. ㅎㅎㅎ"

엄마의 넋두리를 들으면서 곁하고 걷던 아들은 내 손을 꼭 잡았다. 장갑을 벗은 손이 따뜻했다.

쓸쓸할 때나 마음이 허전하고 아플 때 아들과 인생을 얘기하다 보면 대부분 그 고민이나 불평들이 작아지거나 사그라든다. 사람의 심리를 들여다보며 저울질하는 일을 하는 아들이어서인가, 사고가 깊다. 아직 인생을 길게 살지는 않았지만 더러는 아들들로부터 위로를 받고 도움을 받기도 한다. 아들과 대화를 나누다 보면 내가 생각하는 그 대부분이 비우지 못한 욕심에서 비롯된 것이라는 생각이 든다. 마음 비우기, 삶 비우기를 한다고 하면서도 나는 아직 끌어안고 놓지 못하고 있는 것이 너무 많다.

"사람의 본성은 노력한다고 세월이 흐른다고 쉽게 변하는 것이 아니더라구요. 너무 애쓰면서 자신을 변화시키려고 노력하지 마세요. 지금 그대로의 엄마가 좋아요."

삼십여 년 전 여남은 살 먹었던 아들 형제가 지금 꼭 그때의 자기들만한 아들 딸들을 두었다.

"어머니가 우리 형제를 사랑하고 돌보았던 것처럼 저희들도 쟤네들 사랑하면서 살께요, 어머니…."

눈으로 보이지는 않지만 가만히 귀 기울이면 얼음 밑으로 물 흐르는 소리가 들린다.

봄을 품고 흐르는 물소리~~.

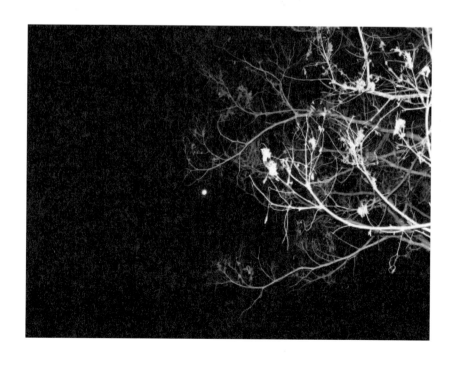

삼십수 년 전의 연년생인 아들 형제

아들 형제와 그 아가들

아름다운
마실 길
- 2012년 1월

사람이 그립다. 사람들로 북적거리는 도회지를 피해서 살고 싶다고
누가 등이라도 밀듯이 떠밀리며 들어와 살게 된 산골살이가 아니던가.
그런데 오늘은 사람이 그립다.

천지가 눈으로 덮여 차도 갇히고 사람도 갇혀 버린 산골의 겨울이다.
눈에 덮인 산과 들은 참으로 깨끗하고 아름답지만 깊이 잠든 그들과의
아름다운 교감은 잠깐으로 끝나고 금방 시들해지기 십상이다. 바람도
잠든 오늘 같은 날은 너무 고요하여 몸과 마음이 가라앉을 것만 같다.

오후 늦게 마실 길에 나섰다. 마을로 내려가 이 댁 저 댁을 기웃거려
보았다. 십수 년 전 연속극 전원일기의 모태지인 우리 양지마을은 대부
분의 집들이 대문이 없거나 대문이 있더라도 열어 놓고 살기에 하릴없이
기웃거려 보기에는 편안하다. 그런데 집집마다 인기척이 없다. 눈은 길
로 쌓여 있고 영하 20도를 오르내리는 추운 날씨인데 이 모진 추위에
모두 어디로 갔단 말인가.

마을회관 가는 길

이리저리 두리번거리면서 내려가다가 보니 마을회관까지 왔다. 비로소 사람 소리가 들린다. 태극기가 펄럭거리는 회관에서 흘러나오는 왁자지껄한 얘기소리들 그리고 사람들의 웃음소리가 이렇게 반가울 줄이야….

마을회관에는 아래층에는 남자, 이층에는 여자 어르신들이 모여 있었다. 이층 문을 열고 들어서니 방안에 훈훈한 기운이 돌았다. 자주 들르는 곳이 아니라 좀 어색하긴 했지만 마을에서 삼동에 사람을 만날 수 있는 유일한 공간이라는 것을 양지마을에 살게 되고 한참을 지나서야 알게 되었다.

보통 칠팔십 대의 어르신들이 모인 회관은 깨끗하고 안락한 분위기였다. 둘러앉아 꽃따기 놀이나 운동기구를 이용하시는 분, 망연하게 앉아 TV보고 계신 분, 이웃 집 누구는 어디가 아프다네, 윗마을 누구댁네는 메주가 잘 떴다네… 등등 소파에 앉아 계신 어른들 중심으로는 어제 있었던 동네 사건들이나 본인들의 가정사 혹은 산골마을의 역사가 돌고 돌았다.

로마에 가면 로마법을 따르라는 말이 있지 않은가. 나는 엉거주춤한 자세이기는 하지만 어르신들 틈에 끼어 꽃따기 놀이에 끼어들어보기도 하고 벨트를 돌리거나 자전거를 타는 등 운동을 하기도 하면서 그 따뜻한 분위기에 젖어본다. 그렇게 드나들다 보니 언제부터인가 동네 사랑방이기도 하고 또 안방이기도 한 회관에서 보내는 시간이 편안해졌다.

동네 어르신들은 대부분 부지런하고 또 음식 솜씨가 좋다. 그분들의 손이 지나가면 늙은 호박은 맛있는 호박범벅이나 호박 주스가 되고 먹다가 남은 식은 밥은 시간이 지나면 달콤한 식혜가 되어 나오며, 음식들을 모아서 들기름을 두르고 부치면 추억의 장떡이 되었다. 그리고 얼음덩굴, 오가피, 취나물, 엄나무 잎 등등 내 손으로 내 땅에서 거두어들여 말려 놓았던 먹거리들은 발통이 달린 듯 아낌없이 마을회관으로 나온다. 그 나물들을 장만해 놓으면 언뜻 보기엔 비슷해 보이지만 그 맛과 향기는 조금씩 다르다. 마치 마을 어르신들의 성품이 다르듯이~ 이렇게 넉넉한 인심들이 모인 마을회관은 늘 먹거리들이 풍성하다.

언제부터인가 마을회관은 시골에서 살아가시는 어르신들의 외로움과 추위를 다독거려주고 조금만 마음을 쓰면 거르기 쉬운 끼니들을 해결해주는 편리한 삶의 장이 되고 있었다. 자칫하면 자녀들을 모두 도회지 삶의 일선으로 보내놓고 고향을 지키고 있으면서 외로워질 수도 있을 터이지만, 누구에게도 폐를 끼치지 않고 다닐 수 있는 따뜻한 사랑방과 안방이 있기에 그분들은 오늘도 슬퍼하거나 쓸쓸할 일이 없어 보였다.

나도 요즈음엔 사람이 그리워질 때면 마실 길에 나선다. 둥글레차의 구수한 향기가 생각나거나 따스한 찻잔을 손에 들려주시던 가슴 따뜻한 분들의 곁이 그리워지는 날, 혹은 하던 일이 잘 풀리지 않아 어깨가 뻐근해질 때면 자연스러워진 걸음으로 나서게 되는 마실 길이다.

누군가가 기다려 줄 것 같은 목적지가 있는 마실 길은 이제 나에게 '아름다운 마실 길'이 되고 있다.

이 세상에서
단 하나뿐인 선물
- 2012년 1월

정아(둘째 며늘아가)가 소포를 보내왔다. '이 세상에서 단 하나뿐인 선물'이라는 메모가 포장지에 적혀 있었다.

'이 세상에서 단 하나뿐인 선물(?!)'

조금 우습기도 하고 또 궁금하기도 한 그 짧은 문장에서 선물의 내용물과 관계없이, 나는 '사랑, 친근, 여유, 재미, 그리고 아름다운 삶' 같은 것이 느껴졌다. 나는 약간은 장난끼 있는 정아의 모습을 떠올리면서 꼭꼭 봉해진 선물 꾸러미를 풀었다. 거기에는 '향기로 말을 거는 꽃처럼'이란 ○○수녀님의 노란 산문집이 들어 있었다. 아름다운 시를 쓰는 수녀님의 오래된 산문집이라면, 세상에 나와 있는 것만 하더라도 이미 수천 권은 넘었을 것인데 '이 세상에서 단 하나뿐인 선물'이라니….

나는 고개를 갸우뚱거리면서 책 표지를 넘겼다. 그런데 책 표지 다음 장의 빈 공간에 다음과 같은 글이 적혀 있었다.

"어머님! '신은 모든 곳에 계실 수가 없기에 어머니를 만드셨다.'는

설날의 윷놀이

작은아들네 가족

말, 이 말은 이 책의 마지막 장에 있는 구절입니다. 이 책의 글들은 제 자신의 삶을 다시 한 번 돌아보게 만들었고 또 어머님과 공유하고 싶은 부분이 많아서 그 부분 부분에 밑줄을 그으면서 읽었습니다. 혹시라도 이 책이 어머님께서 가지고 계신 책일지라도, 제가 밑줄을 그은 책은 이것이 유일한 것이오니, '이 책은 이 세상에서 단 하나뿐인 선물'이 될 것이라 여겨지옵니다. 어머님!"

나는 그 자리에서 바로 책을 읽기 시작했다. 며느리인 정아가 밑줄을 그으면서 읽었을 문장들이 궁금했던 것이다. 몇 해 전 작은아들이 선택한 정아를 며느리로 맞아들이기는 했지만, 그녀가 한 사람의 여성으로서 또 아이들을 가르치는 교사로서 어떤 삶에 가치를 두고 살아가는지 아직도 궁금한 것이 많았던 것이다.

"큰 하늘을 담은 바다처럼 내 마음도 한없이 넓어지고 싶습니다. 늘 부서질 준비가 되어 있는 파도처럼 내 마음도 더 낮아지고 깨지고 싶습니다. 사람을 차별하지 않는 사랑, 양심을 물질에 팔지 않는 자유, 거짓을 말하지 않는 용기, 열심히 일하는 성실함, 잘난 체하지 않는 겸손함, 잘못한 것을 남의 탓으로 돌리지 않는 떳떳함, 이 모든 것을 일생을 두고 꾸준히 노력하는 인내와 기다림으로 저를 행복하고 사랑하게 해주십시오…. (하략)"

빨강 파랑 펜으로 자를 대고 밑줄을 그은 글들을 읽고 있노라니 나는 나도 모르게 서서히 가슴 밑이 후끈 달아오르면서 지난날이 떠올랐다.

지금으로부터 십수 년 전 '발렌타인데이'라고 하는 날이었지 싶다. 제

대하고 복학하여 대학 재학 중이었던 막내아들이

"어떤 여학생에게서 선물 받은 것인데 며칠 밤을 새워가면서 만들었데요. 어머니 드세요."

하면서 내민 초콜릿 상자 겉봉에는 '이 세상에서 단 하나뿐인 초콜릿'이라고 적혀 있었다. 그 아름다운 상자 뚜껑을 열어보니 예쁜 초콜릿들이 가득하게 담겨져 있었다. 초콜릿 가루를 녹여서 예쁜 용기에 담아 '공부가 안될 때, 정아가 보고 싶을 때, 잠 오지 않는 밤에…' 등등의 아름답고 사랑스러운 메시지들을 새겨서 굳힌 정말 이 세상에서 단 하나밖에 없을 초콜릿들이었다.

'자기의 삶에 정성을 기울이고 삶을 재미있게 가꿀 줄 알며, 또 삶을 진지하게 바라 볼 줄 아는 여학생이구나.'

하는 생각을 한 적이 있었는데 그로부터 7년이란 세월이 흐른 후, 결혼을 허락해 달라고 막내가 데려온 아가씨가 바로 그녀, '정아'였던 것이다.

오늘 이 세상에서 단 하나뿐인 정아로부터 이 세상에서 단 하나뿐인 선물을 받고 보니 설한이지만 마음만은 따뜻해지는 날이다.

은행알을
구우면서~
- 2012년 1월

　며칠 전 많은 눈이 왔다. 15센티 정도 내린 눈은 대구에서만 줄곧 살아 온 내겐 보기 어려운 풍경이다. 이곳에도 올해 처음으로 눈다운 눈이 내린지라 귀하게 여겨진다.

　멀리 내려다보이는 마을에도 우리 집에도 소복하게 눈이 쌓였다. 집 앞 길이라도 눈을 치워야겠다 싶어 이른 새벽에 완전무장을 하고 빗자루와 눈삽을 들고 나갔다. 그런데 놀랍게도 집 앞 길은 어느 사이 눈이 말끔하게 치워져 있었다. 게다가 염화칼슘까지 뿌려져 있어 영하 20도의 강추위인데도 길은 얼지 않았다.

　이 산골짜기 골목길까지…. 놀랍다. 눈이 오면 녹을 때까지 장보기도 못할 정도로 갇혀 있을 줄만 알았는데, 그래서 눈 온다는 소식이 있고부터 거의 달포 정도는 장보기 하지 않아도 살아갈 수 있을 만큼 준비를 해 두고 눈을 기다리고 있었는데 이건 완전 감동이다. 군청의 살림솜씨에 감동하고 세상 돌아가는 모습에 또 감동하고….

눈놀이 하는 손주들

그러나 영하 20도를 오르내리는 날씨는 매섭게 춥다. 살을 에이는 추위를 실감하는 순간이다. 평생을 비교적 따뜻한 남쪽 지방, 그것도 아파트에서 수십 년을 살아온지라 영하 20도는 정말 춥다. 다행하게도 병아리들과 기쁨(강아지)이 먹이 보살피고 나면 바깥에서 하지 않으면 낭패되는 일은 없는 편이니 그 대부분의 시간을 집안에서 보낸다. 기름 한 방울도 나지 않는 나라에서 기름 태우고 있는 내 모습이 좀 씁쓸하긴 하지만 어쩔 수 없이 기름을 태워 집안을 덥히고 있다.

따뜻해진 난로 위에 먹거리들을 올려놓는다. 생강차, 은행알, 설날에 남겨 두었던 떡국꼬리 그리고 고구마…. 은행알이 파릇 노릇하게 구워졌다. 고구마나 떡국꼬리는 적당하게 한 번 뒤집어주면 먹기 알맞게 구워지지만, 은행알은 그렇지 않다. 급하게 구우면 겉은 딱딱하고 속에서는 물이 고여 있어 풋내가 나고 또 자주 뒤적여 주지 않으면 고루 익어지지가 않는다. 자주 뒤적이며 시간과 정성을 들이면서 구워진 은행알은 색깔도 곱고 또 맛도 어디 비할데 없이 고소하다.

은행알을 굴리고 있으려니 문득 그런 생각이 들었다. 우리 인생도 그런 것이 아닐까. 우리의 삶도 어느 것 하나 쉬운 것 있더냐. 공들이지 않고 저절로 쉽게 쌓아지는 것 있더냐. 지나온 나의 삶도 진행되고 있는 지금도 그러하지만 내 가까이에 있는 지인들의 삶도 들여다보면 대부분 그러하다.

은행알을 굴리고 국화차 우려내면서 잠시 인생살이를 생각한다.

정성을 들인 만큼, 그렇게 만들어진 삶도 꼭 그만큼 아름답다.

처음 낳은 알, 오오 따뜻해

수탉 덜렁이와 암탉 노랑이

노랑이가 알을 낳았어요.
오오 따뜻해!
- 2012년 2월

　오오~! 따뜻해~!

　노랑이(암탉)가 얼마 전부터 골골골~ 하는 소리를 내면서 사랑놀이를 하는 것 같더니, 며칠 전부터 드디어 알을 낳기 시작했습니다. 아무리 귀를 기울여도 아직은 봄의 소리도 들려오지 않고 어떤 생명의 소리도 들려오지 않는 썰렁한 전원살이에 노랑이가 생명의 소리를 들려주면서 알을 낳아주었습니다. 얼마나 경이로운 일인지요.

　온기가 느껴지는 자그마한 알을 손안에 넣는 순간 온 몸에 전율 같은 것을 느꼈습니다. 작은 뜻을 이룬 것 같은 그런 느낌이랄까요, 시장에서 주먹만 한 병아리를 데려 와 제가 직접 모이를 주고 돌보면서 알 낳기를 기다려온 지 꼭 6개월 만의 일입니다.

　아래 사진의 암탉이 오늘의 주인공 노랑이랍니다. 참 예쁘죠. 그리고 검은 녀석은 그녀의 첫사랑 덜렁이, 하하 수탉은 수탉답고 또 암탉은 조신스러운 암탉답죠.

노랑이가 알을 낳는 모습을 보고 있다가 참으로 신기한 장면을 목격하게 되었는데, 노랑이가 알을 낳으려고 자리를 잡고 앉아 있는 동안 그의 짝인 덜렁이는 모이를 먹거나 딴짓을 하지 않고 노랑이 곁에 떡 버티고 서서 지키고 있었습니다. 그 모습이나 표정은 누구든지 거슬리게 하면 공격하겠다는 자세였어요. 집중하고 있는 한 쌍의 닭 모습이 참으로 신기하고 기특했는데, 그들이 놀랄까 봐 그 소중한 장면을 카메라에 담지 못했네요.

말로 자기감정을 표현하지 못하는 미물이라도 그 사랑과 종족번식의 본능을 함부로 대할 수 없을 것 같은 분위기에 숙연해졌습니다. 그들의 모습엔 사랑도 보였고 의무감도 느껴졌으며, 또한 종족 번식의 본능도 담겨져 있었어요. 미역국을 끓여 줄 수 없음을 안타깝게 여기면서, 미안하게도 나는 노랑이가 낳아 놓은 알을 조심스럽게 들고 나왔습니다. 알을 들고 나오는 나를 놀라워하는 눈으로 바라보는 그들에게 나는 또박또박 알아들을 수 있도록 말해 주었습니다.

"애들아, 너희들이 낳아 놓은 알을 허투루 다루지 않을게. 고이고이 모아 두었다가 꼭 너를 닮은 병아리 만들 수 있게 도와 줄게. 열심히 사랑하고 건강한 알 많이 낳아 너를 닮은 병아리들 종종거리며 몰고 다니는 모습 보여다오."

늦겨울의 오후, 주변 분위기는 썰렁하지만, 살아있는 생명과 함께하는 날들은 오늘도 소중하고 아름답게 다가옵니다.

아가들의 손으로
만져지는 봄이네!
- 2012년 4월

봄은 아가들의 웃음을 닮았고 아가들의 고운 손길을 닮았다. 아가들은 봄처럼 보드라운 손으로 봄을 만지고 있다. 조심스레 다가가는 아가들의 손길을 봄은 반가워하며 마주잡아 준다.

이제야 땅이 녹아 호미 끝이 들어간다. 햇살 따사롭게 퍼져있는 텃밭으로 아가들은 호미를 들고 냉이 캐러 나섰다. 태어나서 처음으로 친근하게 만져보는 흙, 그리고 호미로 흙을 파서 뽑아든 냉이를 보고 웃는 해솔이의 웃음이 봄날처럼 곱다.

해솔이는 냉이를 알아보고 호미질도 잘 한다. 냉이의 뿌리를 건드리지 않고 온전하게 캐려고 공을 들이고 있다. 자기가 스스로 찾아서 캔 냉이를 들고 신기해하는 여섯 살배기 손녀 해솔이, 그 웃음이 봄을 닮았다.

집 앞 언덕배기에서 뛰어놀던 아가가 코스모스 씨앗을 뿌리고 있다. 봄날에 씨앗을 뿌려두면 싹이 돋고 자라 가을이 되면 코스모스꽃이 피어 할머니 집 주변이 코스모스 언덕이 될 것이라는 할머니의 설명을 아가는

큰아들 부부와 해솔 해범이 겨우내 묻어 두었던 무구덩이 해체 작업~ 에게 무 겨우 한 개 ㅋㅋ

알아들은 걸까. 고개를 끄덕거리면서 아가는 할머니를 도와 거름을 놓고 씨앗을 뿌린다.

오늘은 무 구덩이에서 마지막 무 캐기, 한 가족이 함께 힘을 모아 구덩이 해체작업에 나섰건만, 에게… 무는 겨우 한 개 남았었네…. 많이 남아 있는 줄 알고 헤프게 먹고 이웃에 나누어 주고 했더니. 하기사, 보이지 않는 무 구덩이 속을 어찌 알겠나.

"애야, 이 무는 너희들 가져가거라."

"아니 마지막 하나인데, 어머님 드세요. ㅎㅎ"

무 하나가 서울과 양평을 오락가락 한다.

컴퓨터를 능숙하게 두드리면서 인터넷에 몰두하고, 영어로 노래를 잘 부르는 모습보다 흙을 만지면서 신기해하는 아가들의 모습이 더 평화롭고 아름답게 보인다. 아가들은 흙을 만지고 씨앗을 뿌리고 또 새싹이 돋아날 날들을 기다릴 줄도 알게 되었다. 또 그 새싹들 돋아나는 모습들을 보면서 아가들은 자연스럽게 자연의 순리를 배우고 편안하고 고운 심성이 길러질 것이다.

어쩌면 내가 전원생활을 사랑하고 선택한 이유 중의 하나가, 자연이 주는 지혜와 경험이 손주들에게 바르고 촉촉한 심성이 길러지리라는 바람이 있었던 것 같다.

봄 햇살이 골고루 내려앉은 사월의 휴일이다.

노랑이와 병아리,
그 줄탁동시의 신비!
- 2012년 4월

참으로 오랜만에 가슴 설레는 일을 만나고 있다.

며칠 밤잠을 설치면서 닭장 주변을 서성거렸다. 마치 산구완을 하는 심정으로 노랑이(엄마 닭)와 계란 속의 생명이 줄탁동시의 행사를 치르면서 병아리가 무사히 세상 밖으로 나오기를 기다렸다.

생후 두어 달 된 주먹 만한 노랑이는 낯설었을 우리 집에 오면서 병치레 한 번 하지 않고 잘 자라 조신한 여인처럼 암탉이 되었다. 사오 개월이 지났을 즈음부터 동료였던 덜렁이(아빠 닭)와 사랑놀이를 한다 싶더니 어느 날부터 알을 낳기 시작했다. 거의 매일 한 개씩 낳아주는 따뜻한 알을 받아 들고 감동하는 날들이 이어졌다.

알을 모으기 시작했다. 행여라도 알 속의 생명체가 흔들리기라도 할세라 고이고이 다루어서 선반에 얹어두었다. 병아리를 보기 위한 준비를 해야 하기 때문에 유정란이라고 좋아하는 아이들에게 손사래를 치며 접근을 못하게 했다.

그런데 알을 낳기 시작한 지 달포쯤 지난 어느 날, 노랑이는 알을 낳아 놓고 그 자리에 앉아 일어나지를 않았다. 알을 가져가지 못하게 날개를 퍼덕거리고 꽁지를 파르르 떨면서 어떤 간절함을 전달했다. 이웃 농가 어른들이 그 모습은 닭이 알을 품을 기미를 보이는 것이니 적당하게 알을 넣어 주라고 조언을 하기에, 열세 개의 알을 넣어 주었던 것이다.

노랑이는 그날부터 스무 하루 동안 정말 구도자의 자세로 알을 품고 있었다. 사랑했던 덜렁이가 가까이 오면 날개를 펴서 공격을 하며 곁을 주지 않았고 따라서 사랑놀이는 물론 먹이 먹기도 살아남기 위한 정도로 절제하는 모습이었다. 오직 알을 품고 있는 일에만 정성을 기울이며 열중했다.

알을 품고 있는 그 자세에서는 '지키려는 의지, 엄마의 임무, 종족 보존의 위엄' 같은 것이 서려 있었다. 누구라도 그 분위기를 건드리기만 하면 그냥 두지 않을 것 같은 방비자세와 비장한 시선은 신기함을 넘어 고고하고 엄숙했다. 덜렁이가 또 다른 암탉인 까랑이와의 사랑놀이에도 무관심한 듯 고개를 돌렸다. 알을 품고 그 알에 대하여 생각하는 것 외에는 관심이 없으며, 오직 생명을 유지할 만큼의 생리적인 현상만을 채워 가고 있었다.

그 생명 유지의 행위는 하루에 한 번, 모이 먹고 물 마시고 배설하고 온몸으로 날개 한 번 푸드득거리면서 운동하고…, 알의 온도가 식지 않을 만큼의 시간이니까 정말 순간이었다. 저렇게 적게 먹고 스무 날을 버틸 수 있을까 싶어 두부와 야채를 다져서 주어보기도 했지만 평소에

좋아하던 간식거리들도 노랑이는 거들떠보지 않았다.

그렇게 염려와 기대 속에서 보낸 스무 하루 만에 노랑이는 조금씩 자세를 움직이기 시작했다. 그런데 그 연약한 병아리가 과연 단단한 알을 깨고 바깥 세상으로 나올 수 있을까 걱정되었다. 그러나 그 염려는 노파심이었다는 것이 금방 드러났다. 줄탁동시의 현실이 닭장 안에서 일어나고 있었던 것이다.

세상구경을 해야 하는데 병아리가 알을 깨고 나오기엔 알은 너무 단단하다. 병아리는 나름대로 공략 부위를 정해놓고 쪼기 시작하나 힘이 부친다. 그때 귀를 기울이면서 기다려 온 어미 닭은 그 부위를 밖에서 쪼아준다. 답답한 알 속에서 사투를 벌이던 병아리는 엄마의 도움을 받아 비로소 세상 밖으로 나오게 된다.

이처럼 병아리가 안에서 쪼는 것을 줄(啐)이라 하고 어미 닭이 그 소리를 듣고 화답하는 것을 탁(啄)이라 하며 그 일이 동시에 이루어져야 어떤 일이 완성된다는 의미가 '줄탁동시((啐啄同時)'이다. 그렇게 병아리와 엄마는 환상의 화합을 이루어 한 마리씩 알을 깨고 나오기 시작하더니 사흘에 걸쳐 열 마리의 병아리가 세상 밖으로 나와 양수 말리는 작업을 지켜보게 된 것이다. 얼마나 감동적이며 오묘한 일인가.

노랑이가 알을 품고 세상에 무관심을 보이는 기간에도 영하를 오르내리던 봄 날씨는 풀어져서 골골마다 진달래를 피우고 자두꽃이 만발했다. 바깥 자연들이 그렇게 움직이는 사이에 누가 가르쳐 주지도 돌보아 주지도 않은 닭장 안에서는 노랑이가 온몸을 다 바쳐 공들인 작은 우주가 만들어지고 있었던 것이다.

잘 품고 앉아서 양수 말리는 작업을 끝낸 노랑이가 자리를 털고 일어나 병아리들에게 모이를 먹이기 시작하며 살아 갈 길을 일러주고 있다. 병아리들을 바라보는 노랑이의 자애로운 표정은 얼마나 진지하고 아름다운지 짐승이라는 생각을 무색하게 했다.

병아리들은 양수가 마르자 바로 엄마 품에서 나와 종종걸음으로 엄마를 따라다녔다. 엄마를 믿고 의지하며 몰려다니는 병아리들에게 닭장 안은 우주였다. 닭장 안에서 벌어지고 있는 생명의 창조와 신비, 미물이 만들어내고 있는 사랑과 임무, 종족 보존의 순리와 섭리로 작은 우주를 만들어가고 있는 모습을 바라보고 있노라니 가슴이 먹먹해진다.

사람 못지않게 아니 사람보다 더 희생과 사랑으로 자기 감정조절을 잘하며 엄마 노릇을 하는 노랑이의 자세가 참으로 아름답고 귀하게 여겨진다.

고요하기 이를 데 없는 산골 봄날의 오후, 병아리와 산새들의 노래 소리가 합창을 이루는 뜰에서는 꽃잎들이 소리 없이 날아 하얗게 쌓여가고 있다.

4부

할머니
냉이 캐러 가요

냉이 캐는 7살 손녀 해솔이 ㅋ

산비탈 이웃집의 밭으로 냉이 캐러 갔어요.

할머니,
냉이 캐러 가요
- 2012년 4월

큰아들 가족들이 왔다. 일곱 살 손녀 해솔이는 냉이 캐러 가자고 작은 호미를 들고 앞장선다. 냉이를 알아보니 자기도 신기한가 보다.

닭장 안의 노랑이는 세상살이에는 관심을 끊은 듯 ㅎㅎ 영하를 들락거리던 봄날씨가 풀리고 봄이 성큼 다가 선 어느 따스한 날, 드디어 병아리가 세상 밖으로 나와 양수를 말리고 있었다. 그 모습을 바라보는 어미 노랑이의 표정은 자애롭기 그지없다.

이제 닭장 안에는 평화가 왔다. 노랑이는 알을 품고 있던 자리에서 털고 일어나 아가들에게 살아갈 길을 일러주고 있다. 모이를 쪼개주고…. 품어주고 병아리들을 다독거려 주는 모습이 기특하기를 넘어 거룩하다. 요즈음 그들은 매일 나를 감동으로 가슴 설레고 벅차게 한다.

그러는 사이에 강촌의 집 둘레는 자두꽃으로 둘러싸였다. 내가 가장 만들고 싶었던 전원의 모습이 이루어지고 있다. 개나리 노랗게 피어 있는 뜰에 암탉이 병아리 데리고 노니는 모습, 손주들이 흙 만지고 노는 모습들이 일단은 성공이다.

우리 집 가훈이 〈높은 思高, 素朴한 生活〉이다. 내가 가짐으로 누구와의 질투도 경쟁도 필요하지 않는 편안하고 소박한 삶.

고요하디 고요하기 이를 데 없는 산골 봄날의 오후, 병아리와 새들의 노랫소리가 합창으로 퍼지는 뜰에는, 이 시간에도 자두와 살구 꽃잎들이 폴폴 날리며 소리 없이 쌓이고 있다.

장난감 달랑이를 들고 있는 7살 손녀 해솔이가 상추 모종을 돕고 있다.

조카들아
모두 모여라, 보고 싶다
– 2012년 5월

시댁 식구들, 그러니까 여기저기 흩어져 살고 있는 시부모님 자손들을 한자리에 모아놓고 가든파티를 열었다. 몸이 건강하지 못하니 마음까지 허할 것 같은 옆지기를 위해 그가 하고 싶어하는 일이 무엇일까를 생각하다가 이런 자리를 마련하였다.

조카와 질녀 질부들은 누구도 바쁘다는 핑계를 만들지 않고 '조카들아~ 모두 모여라, 보고 싶다.'라는 메시지를 띄운, 삼촌과 숙모의 부름에 먼 길을 달려왔다. 황금연휴라 도로가 막혔을 것은 불 보듯 뻔한 일이지만 그들은 무슨 잔칫날인 양 선물 꾸러미들을 챙겨 들고 즐거운 모습으로 모였다. 잔칫날이 따로 있는가, 편리한 날 만들어 모이면 잔칫날이 되는 것이지….

한자리에 모아놓고 보니 참 귀하게 여겨지는 사람들이다. 오늘따라 가신 지 이십수 년이나 되는 시어머님이 그립다. 이런 자리에 계셨으면 덩실덩실 춤이라도 추셨을 것 같은데…. 오늘 남편의 얼굴에 그늘진 부

분은 아마도 멀리 가신 부모님을 향한 그리움 때문이리라.

친가 외가 조카 질녀 질부들, 삼십 대에서 오십줄에 접어 든 부모님의 자손들이 이렇게 한 자리에 모인다는 것 쉽게 만들어지지 않는다는 것을 알기에 나는 오늘의 모임에 부릴 멋은 전부 부려보며 정성을 기울인다. 무쇠 솥에 장작불 지펴 밥을 하고 누룽지를 눌려 숭늉을 만들고, ○○탕과 닭장의 씨암탉으로 닭계장도 푸짐하게 끓이면서 지난 날 시어머님께서 만들어 주시던 추억들을 만들어 보았다. 적막하기 이를 데 없던 우리 집이 모처럼 사람 사는 집 같아졌다.

그렇게 부산하게 하루를 보내고 난 뜰엔 쑥갓과 무장다리 꽃이 더욱 곱고 자두 꽃잎 떨어지는 모습이 한가롭게 다가왔다.

제가
나무꾼이 되었어요
- 2012년 5월

해거름에 갈비를 긁으러 갔다. 뒷산 소나무 밑에 가면 갈비가 수북하게 쌓여있다. 요즈음 세상에 갈비 긁으러 다니는 사람이 어디 있는가. 시골에도 대부분 기름보일러이고 심야전기 보일러를 사용하는 터인데…. 물론 우리 집 보일러도 심야전기이다. 산에 올라가기만 하면 죽은 나무들이 가로질러 길을 막고 누워 있다. 이런 것들 모두가 잘만 이용하면 훌륭한 재목이 되고 에너지가 될 터인데, 아깝다는 생각이 든다. 우리나라가 이런 에너지 그냥 버려도 될 만큼 부자 나라인가.

썩어버리는 에너지가 지천인데도 언제부터인가 나무를 땔감으로 여기지 않는다. 차라리 벽난로 등 멋을 부리며 사는 사람들이 가끔 장작을 찾을 따름이다. 나무나 낙엽이 썩어 퇴비가 된다고 할 수 있겠으나, 그것이 지나쳐 벌레가 들썩이고 악취를 풍긴다.

그 아무도 하지 않는 일들을 경험해 보면서 격세지감을 느낀다. 혼자 살짝 안타까운 생각도 든다. 약 한 시간이면 갈비 한 수레를 긁어 올 수 있으며 그 양은 내가 빨래 삶고 고구마 묻어 굽고…. 약 한 달 정도 불쏘시개로 쓸 수 있는 양이다.

갈비불에
고구마 구워 옆지기 받들기
- 2012년 5월

장작불에는 고구마를 묻어서 구울 수 없다.

어제 긁어다가 쌓아 놓은 갈비로 나물을 데치거나 빨래를 푹푹 삶고
남은 잿불에 고구마를 묻어둔다. 고구마를 찌거나 렌지에 구우면 팍팍
하다고 거들떠보지도 않는 옆지기기, 잿불에 묻어 구운 고구마는 좋아
한다. 가까이에 있는 사람에게부터 봉사하기…. ㅎㅎ

사십 년을 함께 했으니 그도 나이를 피해가진 못했구나, 그래도 한때
는 괜찮아 보이는 신사였는데…. 가슴 뭉클한 아침이다. 사실 전원에
온 중요한 이유 중의 하나가 옆지기 건강을 챙기기 위하여서였다. 큰
수술을 두 번이나 받은 옆지기이기에 퇴직 후 선택한 길이었다.

으아리 꽃이 한창이고 무장다리와 쑥갓대에서 고운 꽃이 피고지고 감
자꽃이 흐드러지게 피어 있는 뒤뜰이다. 가을이 오면 코스모스가 집을
둘러 울을 쳐 줄 날들이 올 것이라는 꿈을 꾸고 있다.

나는 분위기 좋은 카페의 원두커피도 좋아하지만, 느티나무 아래 들

마루에서 마시는 국화차와 뽕나무차, 막커피를 좋아한다. 그리고 백합도 좋아하지만 울타리를 만들고 있는 하얀 찔레꽃의 향기를 더 사랑하며, 하이힐보다 곳과 때를 구분하지 않고 편안하게 즐겨 신고 다니는 청고무신을 사랑한다. 그러니 어찌하나요.

며칠 전 다녀간 벗들아, 못 말리는 강촌, 더 이상 불쌍하거나 안쓰러워하지 않아도 된다요. 사랑합니다. 그리고 감사합니다.

기쁨(강아지)이와 산책에서 다녀와, 딸기 주스에다 군고구마로 아침 간식하는 옆지기 ㅎ

모종 솎기
도우미가 된 날
– 2012년 6월

아름답게 살아가는 것, 행복하게 살아가는 것은 어떻게 살아가는 것일까. 그리고 즐겁거나 슬픈 삶은 결국 자기가 만들고 느끼는 것이 아닐까. 행복한 삶은 누가 만들어주는 것이 아니다. 남이 바깥에서 바라보아 행복하게 보인다고 자신이 행복한 것도 또 불행하게 보인다고 자신이 꼭 불행한 것이 아니다.

옛 지인들이 강촌 전원을 다녀가면서 대부분 한마디씩 충고를 했다.

"썬크림 좀 바르지 그래, 안쓰러워."

그러면서 눈에 핑그르르 도는 눈물을 감추려고 애쓴다. 나를 아끼는 마음에서 사랑으로 하는 말임을 모르는 바 아니지만 나는 제대로 된 답을 하지 못하고 그냥 웃고 말았다.

내가 지인들에게 안쓰럽게 보였구나, 그거 정말 뜻밖이었다, 왜냐하면 나는 지금 소풍 온 것 같은 기분으로 하루하루를 맞이하고 있었고, 내 인생의 그 어느 때보다 여유를 부리면서 살고 있었기 때문이다. 얼굴이 햇볕에 그을리고 손가락에 풀물이 들고 손톱 밑에 흙이 끼어드는 것을 슬프고 두렵게 생각한다면, 그리고 눈에 보이는 겉모습을 가꾸고 문화생활에 미련이 있었다면 산골인 전원에서의 삶을 선택하지는 않았으리라.

그 어느 때보다 강촌이 좋아하는 삶, 원하던 흙놀이에 푹~ 빠져 있는데 안쓰럽다니…. 본래 치장하고 멋 부리는데 소질이 없기도 하지만, 요즈음 장날에 장보기라도 가는 날에는 남자 청고무신을 신었으니 그에 어울리는 차림은 상상에 맡기고…. 만 원짜리 가방 어깨에 매고 자동차 키 하나 달랑 들면 그만이다.

나이 들어가는 것이 허무하다면서 일주일에 몇 차례씩 마사지하러 다니는 벗들, 강촌이 안쓰러워 목메어 하는 지인들을 보면서 나는 그냥 웃었다. 사실 나도 요즈음 몸살이 좀 나기는 했다. 팔에 파스를 더덕더덕 붙이고 손가락이 아파 근육 주사를 맞고 다니면서도 하고 싶은 일들이 너무 많아 일을 놓지 못하고 있으니 말이다. 아이들도 전화를 걸어 "좀 쉬엄쉬엄 하세요."란 말을 입에 달고 있으니 강촌의 일상을 알 만하지 않겠는가.

가을에 코스모스 꽃이 마음 놓고 아름답게 피는 것을 보려면, 미리 잡풀을 뽑아 주어 준비를 해야 하고, 노인들만 사시는 이웃 농가의 일도 좀 도와주고 싶다. 그리고 솔잎 나무, 즉 갈비를 긁어와야 아침에 불쏘시개도 하고 잿불을 만들어 옆지기가 좋아하는 군고구마를 구워 줄 수 있다. 또 양상추와 오이를 잘 돌봐야 주말이면 오는 며늘아가들에게 자

참깨밭 모종속기 도우미 하고 있는 중이다. 물론 이웃 집 농가의 밭이다.

양평 남한강변 산책길에서~

랑할 꺼리가 있다. 이런 모든 일들, 온갖 농사일들은 미룰 수 있는 일들이 아니다.

물론 그 무엇보다 나의 건강이 우선이겠지만, 이런 자잘한 흙놀이들을 하면서 얻는 즐거움은 명품 가방이나 인삼 화장품에 견줄 일이 아니다.

오늘은 참깨밭 모종솎기를 하고 있는 중이다. 물론 이웃 집 농가의 밭이다. 재미있을 것 같기도 하고 도움도 드리고 싶어 시작했는데, 두 고랑 하고(약 세 시간 작업) 병이 났다. 가만히 앉아서 하는 일인데도 몸으로 하는 일이라 힘들었나 보다.

그래도 재미있고 보람 있다. 농사꾼들이 농촌을 떠나지 못하고 아프다 아프다 하면서도 일손을 놓지 못하는 마음을 읽게 된 날이다.

아빠 일도 다 했으니 이제 나랑 놀아 줘~~ 삼 삼초는 어떻게 기다려~ 이야 이야 이야 이야ㅎㅎ

2급인 부자는 내기 바둑 삼매경에 빠졌다.

아들의
아들 노릇, 아빠 노릇
- 2012년 6월

    땀 흘리면서 밭일을 두어 시간 하고 난 휴일 오후다. 2급 정도인 옆지기와 아들 부자는 내기 바둑 삼매경에 빠졌다. 물론 맞수다. 바둑 둘때에는 누구도 접근금지, 한 판에 만 원인데 내리 네 판을 아버지가 졌으나 오늘은 외상이란다. 아들에겐 바둑 스승인 아버지의 체면이 구겨져 버린 날, 노동(?)의 보람과 휴식의 즐거움으로 만들어진 소박한 휴일이었다. 이제 불혹의 나이에 접어 든 아들은 위로는 아버지와 아래루는 딸과 놀아주고 함께 해 주느라 바쁘다 바빠~ 그렇게 휴일의 하루는 평화롭게 흘러가고 있었다.

    일, 일 초라도 안 보이면

    이, 이렇게 초조한데

    삼 삼 초는 어떻게 기다려~~~ 이야 이야 이야 이야

    사, 사랑해 널 사랑해

    오, 오늘은 말할 꺼야.……

부녀의 노래와 춤은 이어지고….

산골에
벗들이 다녀가고
- 2012년 6월

지난 주중에는 친구들이 몇 차례 찾아 왔다. 일부러 오지를 찾아 준 우정에 가슴이 젖는다. 친구들이 방문하겠다는 전화를 받고 나는 사실 장보러 간 것이 아니라 마실을 다녀왔다. 과일을 준비하기 위해서다. 오지에서만이 맛볼 수 있는 과일을…. 내 것이 아니지만 우리 마을에서는 이런 과일들은 내 것 네 것이 없다.

지나가다가 한 움큼 따오고 또 산책하다가 두 주먹 따 와도 문제없다. 앵두가 알알이 곱게도 익었다. 보리수 열매도 아름다워라. 이웃집에 울바자를 치고 있는 산딸기의 푸짐함….

이것저것 따다 모으니 한 접시가 됐다. 여러 해 동안 블로그를 오갔던 온라인 친구인 구름재 님이 다녀가고, 이삼십 년 지기들이 서울에서, 대구에서 내 살고 있는 모습이 궁금하다면서 다니러 왔다. 감자떡을 쪄 내고 콩국수를 만들고 그리고 고운 과일들을 차리면서 모처럼 사람 사는 모습을 만들어 보았다.

산골의 선물이라야 농산물, 유기농 농산물이니 귀하게 여겨주기는 할 것이다. 아직은 추수할 작물이 없으니 풋것들, 야채들 뿐이다. 상추가 푸짐하니 넉넉하게 담고 오이, 쑥갓, 아욱, 근대, 들깻잎 등등 한 박스씩 담았다. 그나마 인심이 푸짐해졌다.

벗들은 너무 싹쓸이하는 것이 아니냐고 걱정했지만, 풋 야채들은 이틀만 지나면 다시 그득해진다는 것을, 농사 경력 일 년으로 잘 알고 있기에 걱정 없다. 부잣방망이 야채들이 아니던가.

그렇게 한 주가 후딱 지나가고 한가해진 휴일, 산책 길에 접시꽃 당신도 만나 가슴 한 번 털어 놓고, 고질고질 때 묻은 양은솥에 솔잎향기 내뿜는 갈비 태워 빨래도 거품 넘겨가면서 푹푹 삶았다.

지난 봄에 집 뒷산 언덕배기에 심은 호박과 코스모스가 제 몫을 할 것 같다. 손가락과 손목에 근육 주사를 맞아가면서 코스모스 밭에 풀을 뽑아주었더니, 그 보답이라도 할 요량인가. 이 가뭄에 철도 모르고 코스모스가 피었다. 아마도 가을에는 그 보답을 크게 할 것이다. 올해 강촌의 농장에서 가장 잘한 일인 것 같다.

간간히 논둑의 풀 깎는 제초기 소리가 들릴 뿐인 휴일의 조용한 한낮, 뒷산 한 번 쳐다보고 앞산 한 번 바라보고 뻐꾸기 노래하고 오디가 익어가는 산골짜기 무심하게 바라보고…. 그리고 정원의 자두들 익어가는 소리 들으면서 한가롭고 평화로운 휴일을 보내고 있는 중이다.

대구 솔샘모임의 벗들…. 모두 어디 갔나??

아름다운 것들만 바라보면서
살아가도 되는 날들인가
- 2012년 6월

휴일의 한가한 한낮이다. 비가 오지 않아 천지가 바짝 말랐다. 주변의 논들은 남한강 물을 퍼 올려 그나마 위기에 대처하는 모습이지만 밭들은 그저 손을 놓고 있다. 농심도 밭작물들처럼 말라가고 있다.

하릴없이 컴 앞에 앉았다. 휴일이면 대부분 아들 가족들과 합류하지만 이번 주에는 손주들의 잔병치레로 공이다. 합류해서 휴일을 함께 보내는 즐거움도 있지만, 이렇게 한가한 휴일을 맞이하는 편안함도 있다. 그러니까 이래도 저래도 좋게 생각하면 좋은 일이다.

한가한 시간에 사진들을 떠올려본다. 일곱 살짜리 손녀 해솔이가 자기 손으로 꽃씨를 뿌리고 주말마다 와서 물을 주어 키운 해바라기가 해솔이 키를 훌쩍 넘었다. 자기가 심고 가꾼 꽃들이라 해솔이는 각별하게 애착을 갖는다.

해바라기는 해를 따라 얼굴을 돌리면서 자란다는 얘기를 해 주는데, 해솔이는 할머니 얘기를 진지하게 듣더니 신기해 한다. 해솔이는 나이에 비해 말귀를 잘 알아듣고 할머니와 대화가 좀 되는 편이다. 딸을 키워 보지 않은 나는 손녀의 살가움이 참 좋다.

아들 형제를 둔 내게 손주가 모두 넷이지만 멀리 있는 작은 아들네가 자주 함께하지 못하니 자연 해솔이 남매가 그 공간을 자리해 준다. 어쩌면 손주들에게 아름다운 추억을 만들어 주고 고운 심성이 길러지기를 바라는 마음이 내가 전원에서 살게 된 가장 큰 이유이고 숨겨놓은 목표인지도 모른다.

가족들의 물놀이 한때

해바라기는 해를 따라 얼굴을 돌린다는 얘기를 듣고 신기해 하는 해솔이

둘째 손녀 은솔이

아들의
그늘
- 2012년 6월

"햇볕은 나무가 많으니 나무들이 그늘을 만들어 주겠지만 나무가 비를 막아 주지는 못하잖아요. 바깥에서 보내기 좋은 계절인데 비 올 때도 집 안에만 갇혀 계시는 것보다가는 뜰에서 비 내리는 소리도 듣고 비를 바라보는 것도 괜찮을 것 같아서요. 이제 곧 장마철이 올 것인데…."

큰애 부부는 휴일에 어미 집에 도착하자마자 준비해 온 천막을 들고 나왔다. 며늘아가랑 둘이서 한참을 이리 밀고 저리 당기고 하더니만 그늘이 짙은 집 한 채를 지어 놓았다. 본래 손재주 없는 아들이지만 며늘아가와 둘이서 손발을 잘 맞추어서인가 뚝딱 해치웠다. 요즈음 조립식 물건들이 편리하게 만들어져 나온 덕분이기도 하지만.

화덕에 불 지피기 좋아하는 어미가 불을 피우다가 소낙비 맞고 도망치듯 집 안으로 피신하는 걸 보면서 그런 생각을 했었나보다.

"에그~. 그럴 필요 없다. 뭘 번거롭게시리~."

하면서 손사래를 치던 나도 천막이 완성된 것을 보면서 좋으라고 손뼉을

쳤다. 어쩐지 천막 안은 푸근하고 안정된 느낌이다.

"아들이 만들어 준 그늘이라서인가 푸근하네. ㅎㅎ"

오늘은 손주들과 감자를 캐기로 예약을 해 놓은 날이다. 아들 가족들과 감자 씨앗을 심은 지 약 80일 만에 수확하게 되었다. 가뭄에 메말랐을 땅 속에서 감자는 알을 맺고 또 그 알을 굵게 만드는 작업을 쉬지 않고 하고 있었던 것이다. 한 바가지의 씨앗이 한 상자나 되게 감자가 불어났다. 정말 농사는 부잣방망이다.

어쩌면 컴퓨터나 만지고 영어학원이나 들락거릴 손주들의 시간이 아니던가. 그 못지않게 소중하고 보배 같은 경험을 하고 있다. 흙을 만지고 자연을 만지고 그리고 사랑을 먹고 자라는 것을 배우면서….

"일도 하고 등목도 했으니 이제 좀 쉬어도 되죠. ㅎ 아~~! 편안하고 행복해."

다섯 살짜리 손주의 입에서 나온 말이다.

아들이 만들어준 그늘

아빠가 등목하는 것을 보고 따라 해 달라는 5살 손주 해범이

앵두나무 가지에
매달려 온 정
- 2012년 6월

집 뒤 골목길로 밭일하러 오르내리는 농가 어른이 어느 날,

"밭 가장자리의 앵두나무에 앵두가 많이 달렸기에…." 하시면서 멋쩍은 듯이 앵두나무 가지를 우리 집 살평상 위에 올려놓고 가셨다. 손주도 아닌 이웃집 할머니인 나를 주시려고….

커피나 한 잔 하고 가시라고 급하게 불렀지만, 머리카락이 온통 하얀 어르신은 손사래를 치면서 내려가 버리셨다.

살평상에 놓인 앵두나무 가지를 바라보고 있으려니 가슴이 뭉클하다. 앵두 한 줌 보다는 앵두나무 가지를 보고 반가워 할 것이라고 생각하면서 들고 오신 그분의 정이 반가웠다. 그리고 내가 여남은 살 먹었을 적에 나이 지긋했던 우리 집 머슴아저씨가 갈비 나무지게에 꽂아 가지고 온 진달래꽃 가지도 생각났으며 사랑채 앞의 정원에 조롱조롱 매달린 앵두를 따서 먹던 그 새콤달콤한 맛도 불현듯 그리워졌다.

천막 안에서 앵두나무 가지를 바라보는 마음이 따뜻해졌다. 아~ 이제

이 산골마을에도 내가 실파 한 단, 감자 한 소쿠리보다는 앵두나무 가지를 더 반가워할 것이라는 것을 알아주는 사람이 있구나. 그래서 오늘은 쓸쓸하지 않다.

수건과 걸레들을 솔가지로 불 지펴 푹푹 삶아 빨랫줄에 널었다. 빨래 무게에 축 처진 빨랫줄을 보고 있던 옆지기가 곧은 나뭇가지를 잘라 즉석에서 바지랑대를 만들어 빨랫줄을 올려세워 주었다. 그런 일을 해줄 줄도 아는구나. 옆지기가 조금은 미더워진 날.

밤새 맞은 비의 무게에 못 이겨서인가, 살구가 노랗게 떨어져 있다. 그러나 아직은 달려 있는 것이 더 많다. 벌레 먹지 않은 튼실한 것들은 아직 매달려 있다. 자연이 준 선물들이 푸짐하다.

어미닭 노랑이는 새끼 병아리들을 저만큼 중병아리로 키워놓고는 병아리들에게 또 동생을 보게 해 주려고 임신 중이다. 어미닭 노랑이를 생각하면 안쓰럽기도 하지만 고맙다. 그들을 보고 있노라면 또 다른 아름다운 세상을 만나고 있는 것 같다. 목숨이라도 걸 것 같은 깊은 사랑에 감동하는가 하면 오묘하고 기특하기도 하다.

아름답고 풍요로운 날이다.

5부

땅따
먹기

초저녁, 손주들의 공부 시간, 일기 쓰기 지도 등, 아가들의 곁엔 늘 며늘 아가들 둘이 있다

손주들의 손톱에 봉선화 물들이기…
초등학생과 유치원생인 손주들의 방학 숙제이기도 하다. 물론 할머니인 강촌이 맡은 몫

가족들이 함께 할 수 있었던
여름휴가는
- 2012년 7월

우리 가족들도 여름휴가가 시작되었다. 모두 양평으로 집합, 아들 친구 가족들도 일박이일로 다녀갔다. 나무 그늘이 많으니 여기저기에 텐트를 치고 물놀이 장비들이 나오고 해먹이 걸렸다. 먹거리로는 계절에 맞는 호박전을 부치고 콩국수를 만들어 내는가 하면, 미안하게도 병아리~음 ~음~~.

그리고 손주들에게 먼저 생각나는 간식으로는 아무래도 옥수수 잔치이다. 손주들과 벌인 옥수수 잔치, 튼실한 옥수수대에 수염을 달고 착달라붙어 있는 옥수수들, 알이 잘 박혔을 것 같은 것들을 고사리 같은 손으로 옥수수를 꺾고 수염을 따고···. 고만고만한 나이들의 손주가 네 명이니 옥수수에 박힌 옥수수 알갱이 숫자를 가지고도 티격태격 하는가 하면 눈물을 글썽거리기도 하고 또 금방 까르르 웃어대기도 했다.

일찍이 저녁을 먹고 살평상에 앉아 쉬고 있을 때 무쇠 솥에서 김이 무럭무럭 나는 옥수수를 꺼내놓았다. 손주들은 옥수수 낟알을 까먹으면서 하늘의 별자리를 찾기도 하고, 살평상 주변에 쑥을 섞어 피운 모깃불이 맵다고 도망다니더니 반딧불을 쫓아다니면서 뒷산 언덕을 오르내렸다.

손주들의 농사 체험 시간, 시간표에 하루 한 시간씩 농사 짓는 봉사의 시간이 있었다. 농사를 짓고 나면 손주들의 일기장엔 스티커 한 장이 선물로 붙여진다. 며늘아가들의 노각 오이 손질, 솔가지 태워 국 끓이기, 빵 굽는 시간, 빵 익기를 기다리는 시간의 여유…. 그렇게 매일 반복하면서 7박 8일의 휴가는 꿈같이 흘러갔고, 휴가를 마친 그들은 또 모두 자기 자리로 복귀했다.

모두 떠나고 난 자리, 집 앞 손주들이 물놀이하던 개울에서는 손주들의 아름다운 재잘거림이 구르고 굴러 집안에까지 들려오고 있다.

오늘도 햇볕은 따가운데….

마을 앞 개울에서 가족들의 물놀이 ㅎㅎ

땅따먹기
- 2012년 7월

아파트에서 아래위층 눈치 보느라 숨죽이면서 살다 온 손주들에게 자유를 주고 마음껏 뛰어도 되는 꿈 같은 날들을 만들어 줄 궁리를 한다. 아가들에게 그보다 더 큰 선물이 있겠는가.

뒤뜰 채마 밭 언저리로는 봄날에 아가들이 뿌려놓은 코스모스, 백일홍, 해바라기꽃들이 풍성하게 피어 있다. 호미로 냉이를 캐고 난 부드러운 흙에 아가들은 유치원에서 얻어 온 꽃씨를 뿌려놓고 주말마다 와서 물을 주면서 열심히 돌보았다.

컴퓨터를 능숙하게 두드리고 영어로 노래를 잘 부르는 모습도 기특하지만 흙을 만지면서 땅강아지를 잡아들고 신기해하는 아가들의 모습이 더 평화롭고 행복하게 보였다.

아가들은 흙놀이에 관심이 많다. 흙을 부드럽게 만들어 둥그렇게 동산을 만들어 놓았더니 그 흙 동산은 아가들에게 좋은 장난감이 되었다. 흙 동산에서는 땅강아지를 만나기도 하고 지렁이를 캐내기도 했으며,

자기 땅이 커지고 있어 신이 난 해솔이ㅎㅎ

6살 손주 해범이, 땅따먹기 하다가 뭐해?

엄마가 동생을 도와주고 있는 것 같아 해솔이 심통이 났나~? 해범이는 맨발로 딛는 흙의 감촉을 좋아한다.

또 소꿉놀이에서 흙은 쌀이 되기도 하고 밀가루가 되기도 했다. 풀과 풀꽃을 야채와 과일로 여기면서 소꿉놀이하는 어린이의 모습은 바로 수필이며 아름다운 그림이다.

엄마가 주문한 피자까지 만들어 바친 아가들은 그 다음 놀이로 이어진다. 땅바닥에 커다랗게 네모난 미지의 세계지도를 그려놓고 얄팍한 돌을 퉁겨 그 돌을 따라 금을 그어가며 땅을 넓혀 나가는 '땅따먹기'다.

'땅따먹기' 그 놀이를 하고 있는 아가들의 뒷전에서 가만히 보고 있으려면 웃음이 절로 나온다. 어쩌면 세상살이가 모두 땅따먹기 놀이가 아니던가. 욕심을 부려 돌을 멀리 가게 하려고 세게 퉁기면 영락없이 돌은 경계선을 넘어 아웃 되고 만다. 차근차근 땅을 키워 나가는 형과 누나들을 보면서 여섯 살배기 막내는 큰 소리로 울어도 보지만 결국엔 욕심을 부려 한꺼번에 많은 땅을 차지하려고 하면 실패하기 십상이라는 사실을 알아차린다.

손주들이 훗날 돌아보았을 때 무진장으로 이용할 수 있는 흙과 풀꽃과 새들의 노래가 있는 할머니가 살고 있던 남한강변의 전원, 거기에서 손톱에 봉선화 꽃물 들이고 옥수수 알 세면서 별자리 찾던 할머니와의 추억을 기억해 주었으면 싶다.

그리고 '땅따먹기' 놀이에서 알아차린 욕심 다스리기를 삶에 접목시켜 정직하고 맑으며 소박하고 촉촉한 삶 살아갔으면 하는 소망 하나 품고 오늘도 전원의 삶을 가꾼다.

뒷산 언덕에 자기가 심었던 호박이 드디어 열렸다고 자랑하는 옆지기~

양평군 문화센터에서 귀가하는 옆지기, 이제 막 시골 버스에서 내렸다.
(MBC 전원일기에서 마을 사람들이 이용하던 시골 버스 ㅎ)

옆지기는
오늘도 긴 막대기를 들고~
- 2012년 8월

옆지기는 요즈음 자고 일어나면 내가 뜰로 나가기 전에 먼저 하는 일이 있다. 긴 나무 작대기를 들고 집을 몇 바퀴 도는데 혹시나 뱀이 나타나지는 않을까 해서이다.

내가 산골로 거처를 옮기고 가장 놀란 것이 이 긴 벌레였기 때문이다. 사실 숲으로 둘러싸인 산골마을이니 그런 벌레가 있을 것이란 걸 짐작했어야 하는 일이었건만 미처 그런 생각을 하지 못했다. 지난해 이곳으로 이사 오고 텃밭에서 처음 이 벌레를 보고 얼마나 소스라치게 놀랐는지…. 그 후 밤낮으로 어찌 살아갈까, 전전긍긍하면서 밤잠을 설치다가 보니 8킬로나 살이 빠져 푸짐한 체격이었던 내가 날씬해지는 정도에 이르렀다. 살이 빠진 것이야 다이어트 이십 년에도 성공을 못한 일이라 반가워 할 일이었지만….

그래서 올해는 육백 평이 넘는 집 둘레로 긴 벌레가 싫어한다는 뱀이초, 봉선화 등등의 꽃을 무더기로 심어놓고 자주 백반을 뿌리기도 한다.

옆지기는 오늘도 긴 막대기를 들고 집 둘레를 몇 바퀴 돌더니 안심하

라는 뜻으로 손을 흔들어주면서 기쁨이(강아지)를 데리고 아침 산책길
에 나섰다.

전원의 삶을 선택한 이유 중 하나는 옆지기의 건강회복에 도움이 될 수
있으리라는 생각이었다. 40여 년간 근무하던 직장 생활을 끝내야 할 즈음,
옆지기는 큰 수술을 받고 휴양해야 하는 처지가 되었다. 그러나 바둑 두기
를 취미로 가지고 있는 옆지기는 시골살이에 골똘하지 못하고 읍으로 서울
로 들락거리더니 드디어 우리가 살고 있는 양평에서 바둑 동호인들을 만나
게 되었다. 타향에 와서 취미가 같은 사람을 만나 여가 시간을 즐겁게 보내
고 있는 그가 요즈음엔 차라리 다행스럽다.

집 뒤 언덕 호박밭으로 들어가 막대기를 들고 호박 숲을 설치더니 애
호박 하나를 찾았다고 신호를 보내고 있는 옆지기, 저 호박 모종은 자기
가 심은 것이기에 애착을 갖는다.

어느 날 강하면의 천년 찻집 앞에서

모닥불
피워놓고~
- 2012년 10월

추석 연휴는 뒤뜰에서 모닥불 피우면서 보냈다. 둘째아들은 혼자서도 자주 모닥불 피워놓고 머물렀는데, 무슨 생각에 골똘한 것일까. 궁금하다.

오랜만에 만난 아들 형제는 밤에도 낮에도 모닥불 피워놓고 살아가는 얘기들이 이어지며 삼부자가 모닥불 앞에 모여 앉기도 자주 했는데…. 모닥불 앞에서는 차 한 잔이 없고 술 한 잔 없이 빈손이어도 허전하지 않다. 따뜻함이 있고 자연스럽게 바라볼 것이 있기 때문이다. 어릴 적에 화롯불을 가운데 놓고 비잉 둘러앉았던 생각이 떠오른다.

아들 형제는 자기들이 떠난 후 모닥불 피울 나무들을 정리해 주고 있는데, 고마워라…. 그런데… 에그 아들들아 다칠라… ㅎㅎ

모두가 떠난 자리에 오늘도 코스모스는 곱게 피어 한들거리고 엉덩이가 커다란 호박은 언덕 여기저기에서 뒹굴고 있다. 뜰에 일찍 단풍이 든 나뭇잎들은 낙엽이 되어 떨어지는 것을 보니 이제 가을이 깊어가나 보다.

삼부자는 모닥불 앞에서 세상 돌아가는 얘기에 ~

아들 형제 부부의 여유~

그때 그 맛일까
홍두깨로 밀어 만든 칼국수~
- 2012년 10월

가을이 깊어가고 있다.

코스모스가 기운을 잃어가고 모든 식물들이 엊그제 내린 무서리에 휘청거리고 있다. 그 모습이 꼭 가을을 타는 내 모습을 닮았다.

손아래 시누이, 가까이 이천에 사는 막내시누이와 뉴질랜드에서 사는 셋째 시누이 자매가 다니러 왔다. 남편이 십대였던 1960년대에 한 집안에서 칠남매가 복닥거리면서 살던 추억들을 공통분모처럼 가지고 있는 아래로 삼남매이다. 위로 시숙어른 두 분, 큰시누님은 먼 길 가셨으니, 아린 가슴 나누어 가진 오누이간들이다. 오라버니가 되는 옆지기는 누이들에게 옛날 엄마가 만들어 주시던 콩가루 섞어 만든 칼국수를 먹고 싶다면서 누이들에게 부탁했다.

오라버니인 옆지기는 누이들을 위해 씨암탉 잡아 장작불 지펴 국물을 끓여내고, 육십줄을 넘나드는 시누이 자매는 어머니가 만들던 기억을 더듬으며 오빠를 위해 밀가루 반죽에다 콩가루를 섞어 조물락조물락 얇

시어머님 생각하고 어린 시절 얘기하면서 칼국수 만들고 있는 남편 남매들 중, 아래로 삼남매

코스모스 피어있는 시골길, 모두 육십대인 산남매는 아침 산책길에 나섰다.

게 납작납작한 칼국수를 밀어냈다.

두시런~ 두시런, 옛이야기들이 흘러나오는 들마루 주변을 돌면서 나도 그 시절을 그리워한다. 고향이야 옆지기는 충청도 온양, 나는 경상도 안동, 지역이야 다르고 풍습도 많이 다르지만 같은 나라에서 같은 시대를 살아온 우리가 아닌가. 따라서 살아 온 모습이나 사고도 공감되는 부분이 많다. 호롱불 밝혀 놓고 공부하며 군불 지펴 소죽 끓이던 시절 그리고 따뜻한 아랫목의 추억….

어린 시절을 공유하고 있는 사람을 만난다는 것은 그리운 일이다. 더구나 장작불로 소죽 끓여낸 절절 끓는 아랫목에 솜이불 깔아 놓고 같이 발을 들이밀고 살던 형제자매들일 때는~~.

삼남매가 앉아 있는 들마루 주변을 돌면서 나는 생각한다. 국수가 꼭 그때 그 맛이 아닐지라도 옆지기는 어쩌면 그 시절 누이들과 함께 어머니를 그리워할 수 있는 그 분위기가 그리웠을지도 모른다. 입맛이 달라졌으니 국수가 그때 그 맛이 살아날까마는….

코스모스 피어있는 시골길, 삼 남매는 아침 산책길에 나섰다. 무슨 얘기인가를 재미있게 하는데…. 어쩌면 올케인 내 흉을 보고 있는 것 같은 느낌. ㅎ

"할머니 단풍이 예뻐, 해솔이가 예뻐? ㅎㅎ"

엿기름 만들기~ 겉보리싹을 내어 말리고 있다. 향기가 참 시골스럽다.

단풍이 예뻐,
해솔이가 예뻐?
– 2012년 11월

스산한 중에도 예쁜 것들은 있네, 너무 고와서 눈이 부시다. 단풍 나뭇잎, 너는 어찌 떨어지는 그날까지 고운 자태 그대로니…. 부럽다. 단풍 나뭇잎들아.

주말에 다니러 온 큰아들네 가족, 손녀 해솔이는 단풍잎이 곱다고 하는 할머니에게 누가 더 예쁘냐고 단풍잎을 들고 자기 얼굴 옆에다가 붙인다. 할머니가 단풍이 예쁘다고 했더니 아마 샘이 나나보다. ㅎㅎ

겨울 준비…. 고춧잎도 말리고 호박고지도 만들고…. 넉넉하게 준비해 두었다가 방문하는 지인들에게 선물하면 누구나 좋아하는 먹거리들이다. 엿기름 만들기는 인터넷을 검색해서 그대로 만들고 있는데, 싹이 잘 난 보리를 낱낱이 뜯어 말리고 있다. 엿기름 특유의 향기가 참 시골스러워서 좋다.

둥둥거리다 보니 겨울이 온 줄도 몰랐네, 아직 가을의 끝자락인가 했더만~~!

오랜만에 만난 삼부자는 모닥불 앞에 놓고 둘러앉아 겨울 이야기를 하나보다. 아마도 사회 현상도 우리 집도
겨울이 지나면 분명 봄이 올 것이라고….

오욕의 찌꺼기들
털어내어
– 2012년 11월

어둠이 걷히고 있는 새벽, 모닥불을 피우면서 산골의 하루를 시작한다. 나는 지금 마을에서 바라볼 때 마을과 조금 떨어져 언덕 위에 앉아 있는 우리 집에 사람이 살고 있다는 신호를 마을로 보내고 있는 것인지도 모른다.

옛날 옛적, 통신 전달이 어렵던 시절에 불꽃으로 혹은 연기로 나라의 평화와 난리를 알리는 봉화가 있었다. 정해진 시간에 불꽃을 올림으로써 평화를 전달하기도 하고 나라에 변이 생겼을 때 급한 사정을 알리기도 했던 봉화, 나는 지금 모닥불을 피워 활활 타오르는 불꽃을 바라보면서 그 시절의 봉화를 떠올렸다.

깊숙한 화덕에 갈비를 깔고 나뭇가지들을 얼기설기 얹는다. 잔가지부터 얹기 시작하여 굵은 가지를 얹어놓고 성냥을 그어 갈비에 불을 지른다. 마른 갈비에는 금방 불이 붙으면서 빨간 불꽃이 피어오르고, 그 불꽃은 이내 마른 나뭇가지에 옮겨 붙어 타닥타닥 소리를 내면서 타기 시작한다.

오랜만에 만난 지인들은 그동안 있었던 일이나 변한 사연들, 따뜻한 정들을 모닥불 앞에서 털어 놓는다. 어쩌면 살아오면서 붙어 다니던 오욕의 찌꺼기들을 자연스럽게 털어내어 모닥불에 태워버리기라도 하려는 듯 드러내고 또 털어낸다. 오욕(五欲)의 찌꺼기들은 마른 나뭇가지 위에 올려놓고 태워버리고 담아두고 싶고 나누고 싶은 사연들은 불꽃으로 승화시켜 간직하려는 듯 모닥불 앞에 둘러앉은 모습들은 평화로워 보인다.

무엇이든 불에 태우면 그것은 재가 된다. 그것이 아무리 소중한 것이라 해도 '불에 타는 과정'을 거치고 나면 그것은 하나가 된다. 독특한 자기 목소리를 내려고도 하지 않고 고유한 자기 모습을 간직하려고 애쓰지 않는다. 민출한 자작나무도 우람한 소나무 가지도 하물며 소중하게 보관하던 예술품들도 불에 다면 모두 재가 된다. 이디 그뿐이던가, 사랑으로 똘똘 뭉쳐졌던 생명체들도 불에 타버리면 한 줌 재가 되는 것을…. 다만 불꽃을 만들어낼 때의 향기와 얼굴 모양이 조금씩 다를 뿐이다.

들깨 대나 참깨 대를 태우면 타닥타닥 소리와 불방울이 튀며 고소한 향기가 진동을 하고 솔가지나 솔방울을 태우면 비록 청향(淸香)은 아닐지라도 깊고 그윽한 솔향기가 남아 오래오래 주변을 맴돈다.

오늘 새벽에도 나는 먼저 모닥불을 피우면서 하루를 시작한다. 천지가 눈으로 덮인 하얀 뒤뜰에서 나뭇가지를 꺾어 타오르는 불꽃 위에 올려놓고 또 올려놓곤 한다. 그들은 가끔 탁탁 소리를 지르긴 하지만 자기들의 최후를 알리면서 사그라드는 모습이 순하고 편안하다. 사람도 결

굳은 오욕의 짐덩어리들 내려놓고 한 줌 재와 흙으로 돌아갈 때는 모두 같은 모습이 아니겠는가.

자기 몸을 태워 따뜻한 기운을 전하면서 피어오르는 모닥불, 내 몸에 달라붙어 있는 오욕의 찌꺼기들을 털어내고 또 털어내어 모닥불 위에 올려놓고 있노라면 몸도 마음도 한결 홀가분해진다.

강하주민센터의
건강댄스에서
- 2012년 11월

　　○○출연 발표회 연습 중이다. 성덕리댁은 들깨 타작하다가 나왔고 황금리댁은 오늘 벼 타작하는 날이란다. 들깨 수확도 중요하고 벼 타작도 중요하지만 지금 우리에겐 댄스 연습이 더 중요하고 재미있다. 솔직하게 말한다면 들깨 타작이나 벼 타작을 재미있어서 하는 사람은 별로 없다. 해야 하기 때문에 하는 것일 뿐, 그러나 댄스는 다르다. 선택해서 스스로 찾아 왔고 또 댄스를 시작하면 시작부터 끝까지 웃고 웃는다. 강사님 따라 스텝을 밟으려 애쓰며 잘 해도 웃고 또 잘 따라 하지 못해도 웃음은 이어진다. 음악 따라 몸을 움직이기 시작하면 경직되어 있던 근육이 풀어지고 몸이 유연해지기 시작하면 닫혀 있던 마음도 여유로워진다.

　　여기엔 농사를 짓는 기존 주민들도 있지만 아름답고 공기 맑은 전원을 찾아 노후를 보내려고 온 회원들도 있다. 청정 자연을 느끼면서 살아가는 날들이 즐겁고 행복 하긴 하지만 때로는 말벗도 중요하고 깔깔거리며 웃을꺼리들도 있었으면 했다. 그런데 자치센터의 건강댄스는 전원의 삶에서 아쉬운 부분들을 대부분 보충해 주는 역할을 하고 있다.

음악이 흘러나오면 자연스럽게 몸을 움직이게 되고 몸이 움직이기 시작하면 마음도 움직인다. 마음이 움직이면 원주민들과의 소통도 자유로워진다. 사실 원주민과 이주민들의 사이에 대화가 원활하지 않은 부분도 있다. 예순, 칠순이 되도록 살아 온 환경이 너무 다르기 때문이기도 하지만, 그러나 댄스 회원이 되고 나면 그 보이지 않던 장벽이 스르르 사라진다.

김 강사의 구령에 맞추어 몸을 풀기 시작하면 항간에 떠도는 말처럼 나이 먹을 만큼 먹은 사람들이 모인 댄스 교실에서는 잘난 사람도 못난 사람도 없다. 그냥 강사를 잘 따라 하면 여기서는 잘난 사람이 된다. 설사 몸이 말을 들어주지 않아 잘 따라 하지 못하더라도 그냥 아이들처럼 까르르 웃어주면 된다.

오늘도 강하주민센터에서의 건강댄스 홀에서는 노래와 춤이 어우러지며 건강한 백세를 향하여 박수 치고 짝짝. ㅎㅎ

해솔아
축하해!
– 2013년 3월

　사랑하는 해솔이가 지난 4일에 학생이 되었어요. 인헌초등학교 일학년이 되었습니다. 어느 사이에 그렇게 곱게 컸네요.

　해솔아 축하해, 곱게 지혜롭게 자라거라. 공부 잘하는 학생이 되길 바라는 마음도 있지만 늘 주변의 사랑을 받는 그런 학생이 되기를 바란다. 후리지아 꽃향기 풍기는, 그래서 늘 곁에 사람이 있는 그런 학생으로 자라기를 할머니 조심스런 마음으로 기도할 게. 사랑해 해솔아.

　일요일 오후, 할머니네 다니러 왔다가 서울 자기네 집으로 돌아갈 준비하자는 엄마 아빠의 채근에 할머니와 헤어지기 아쉬워 울먹거리는 해솔이, 그 모습이 또 사랑스럽다. 할머니와 함께 하는 시간을 행복해 하고 헤어지기 아쉬워하는 해솔이가 소중하며 아직도 나를 필요로 하는 사람이 있다는 사실에 행복하기도 하다.

　그러나 내 아가야. 너는 언제나 맑고 밝게 웃어야 해. 맑아서 주변을 맑히고 주변 사람들을 행복하게 하는 그런 어린이로 자라야 해, 아가야.

할머니 더 놀다 가면 안 돼…. 8살 손녀 해솔이

결국 울먹거리던 손녀 해솔이는 할아버지 품에 안겨 드러내놓고 울어버렸지만, 해범이는 말똥…. 누나는 참
이상해. 왜 울지? 하는 표정…. 그러나 나도 마음이 좀 이상해….ㅎㅎㅎ

오늘 네 눈에 고인 눈물은 사랑이고 아름다움이며 또 다른 그리움이야.

해솔이네 가족이 떠난 후 나를 좀 정리하는 시간을 가졌다. 시집 올 때 마련해 왔던 사십여 년 간 쓰던 낡은 바느질 소쿠리를 미련 없이 버리고 깨끗하고 고운 새바느질 소쿠리로 갈아치우는 등, 너무 낡은 것이 나를 닮은 것 같아 마음에 걸려 정리를 했다. 손때 묻은 것들, 정들었다고 버리기 아까워하는 고집을 바꾸기로 했다.

내 안에 작은 혁명이 일어나고 있는 것일까. 어쩌면 그 작은 몸짓은 해진 것들 어두운 기억들은 모두 버리고 곱고 아름다운 것들만 기억하고 소중하게 담아 가리라는 다짐을 하고 있는지도 모른다. 그 모든 행위들을 기다리고 미루기엔 시간이 너무 없다.

주변을 정리하고 들떠 있는 보리밭을 꼭꼭 밟으면서 허해지려고 하는 마음을 다독거렸다. 내가 나이 들어가는 징조일까?

6부

갈랑이의

긴 외출

강촌의 연인이기도 친구이기도 한 그 사람들, ㅎ 1982년, 초딩 5, 6학년 때.

큰아들 가족의 지난날

연인도 아닌
친구도 아닌~
- 2013년 4월

천지가 꽃소식이 한창인데 남한강변에는 왜 이리 겨울자락이 길기만 한지….

아무리 손을 내밀어보아도 더디기만한 봄, 어디론가 훌쩍 떠나 봄맞이라도 갈까 보다 하는 생각을 하고 있던 참인데, 잠잠하던 핸폰이 울렸습니다.

"강촌 선생님, 오늘 점심시간 어떠세요. 남한강을 바라보면서 매운탕 한 그릇 어떠세요. 그리고 시간이 되신다면 영화도 한 프로 ㅎㅎ…. 저는 강촌 선생님과 함께하고 싶어 오늘 오후 시간을 비워 두었습니다."

"에구구 반가버라~. 그렇잖아도 오늘 마음이 영 허허했는데…. 강촌의 궂은 마음 어이 알고…. ㅎㅎ"

그로부터 한 시간 후, 서울에서 한 시간 달려 왔다는 그와 남한강변에서 만났습니다. 참으로 오랜만인 듯, 우리는 두 팔을 벌려 얼싸 안았습니다.

연인도 아닌 친구도 아닌, 아니아니 연인이기도 친구이기도 한 사람, 내가 엄마가 되면서 만나 오늘까지 사십여 년을 하루같이 사랑하고 그리워한 사람, 고단하고 힘든 일이 있을 때면 내 등을 토닥여 주며 마음까지 보듬어 줄줄 알며 내게 즐거운 일이 있으면 덩달아 나보다 더 즐거워해 주는 사람입니다.

근심걱정이 있을 때라도 그와 조곤조곤 얘기하다가 보면 마음이 평화로워지며 편안한 분위기로 다가오는 그. 오늘 그가 근무 시간을 쪼개어 나를 만나러 왔습니다. 그와 인연을 맺은 지 사십여 년이 되었건만 지금도 그를 생각하고 함께 하면 가슴이 일렁거립니다.

알알이 속내를 털어 놓아도 걱정되지 않는 사람, 듣고 또 들었던 얘기라도 새로운 듯 귀 기울여 들어주는 그, 표정만 보아도 음성만 들어도 서로의 근황을 짐작할 수 있는 그를 만나 매운탕으로 점심식사를 했습니다. 그리고 남은 시간엔 들꽃 수목원에, 꼭 그를 닮은 풋풋한 들꽃들을 만나러 갔습니다.

매점이 없는 들꽃 수목원, 자판기에서 캔커피를 뽑아 나누어도 실례가 되지 않는 그와 나, 그네에 나란히 앉아 들꽃들을 바라보면서 직장의 누구, 누구 남편, 누구의 아빠가 아닌, 오늘은 오저하게 나의 사람이 되어 준 그에게 나는 고맙다고 말했습니다.

나는 그를 만나면 늘 고맙다는 말을 하게 됩니다. 그와 인연을 맺게 된 사연도 고맙고 그 인연을 소중하게 여겨주는 것도 고마우며, 오늘같이 주말도 아닌 시간의 데이트는 자주 만들 수 없는 보너스이기에 또 고맙습니다. 서울에서 양평까지 왕복 두 시간을 길에서 보내버렸지만 어머니와 보낼 수 있었던 세 시간이 그는 너무 행복하다고 했습니다. 바쁜 시간 쪼개어 먼 길 온 그를 걱정하는 내게

"아름다운 추억 쌓으려면 그 정도는 투자를 해야죠."

라는 말을 남기고 키다리 그는 팔을 들어 크게 흔들면서 떠나갔습니다.

한 번밖에 없는 우리네 인생, 그 한 번뿐인 삶에 일생 동안 서로 그리워 할 수 있는 사람과 인연을 맺게 된 것은 얼마나 큰 축복일까요. 오늘도 가슴 두근거리면서 그리워 할 사람이 있기에, 나는 오늘을 소중히 여기고 또 내일을 꿈꿀 수 있습니다.

연인도 친구도 아니면서, 연인인 듯 친구인 듯 속내를 드러내면서 살아갈 수 있는 사람이 있기에, 더디게 오는 봄도 기다릴 수 있고 그리운 벗들 지인들 멀리 두고 와서도 나는 평화로운 마음으로 살아갈 수 있는지 모릅니다.

고기를 굽거나 모닥불을 피우거나 약간 궂은일들은 대부분 둘째가 맡는다.

가족들의 휴가,
소박한 행복찾기
- 2013년 5월

　강촌의 작은 농장에서 가족들은 편안한 날들을 보냈다. 귀중한 연휴의 나날들, 가족들 모두 행복해 했다. 사랑이 모이고 먹거리들이 모아지고 웃음이 가득한 휴가였다. 산다는 것이~ 행복이~ 어디 꼭 호화롭고 호화롭게 보여야만 행복이겠는가. 사랑하는 사람들과 함께 할 수 있음이 행복이란 것을 다시 확인할 수 있는 모임이었다.

　가족들의 모임은 그냥 편안하다. 있는 모습 그대로 먹고 책 읽고 노래부르고 모닥불 피우고 아가들과는 실뜨기놀이, 흙놀이도 하고…. 꾸미지 않아도 늘 편안한 사람들…. 그러는 사이에도 오월의 꽃들은 풍성하게 피어올랐고 농작물들은 오월의 햇살아래 무럭무럭 자라나고 있었다.

　가족들의 마음속에도 아름다운 추억들 자라나서 쌓여가고 있겠지~~!

갈랑이의
긴 외출
– 2013년 7월

지금도 어디에서인가 갈랑이의 울음소리가 들려온다. 그 울음소리를 따라 앞 개울가를 서성거리기도 하고 뒷동산을 오르내리기도 한다. 그 소리가 꼭 나를 부르는 것 같다. 확인하러 올라가 본 언덕엔 나뭇잎들이 바람 따라 몸 부비는 소리, 이름 모를 새들만이 노래를 부르고 있었다.

갈랑이는 우리 집 어미닭인 노랑이가 지난 삼월에 출산한 아홉 마리 병아리 중의 한 마리다. 그때 알에서 깨어난 지 이틀밖에 안 된 갈랑이, 겨우 배냇물이 마른 갈랑이를 엄마 노랑이가 곁을 주지 않았다. 아니 곁을 주지 않을 정도가 아니라 쫓아다니면서 없어져 버리라는 듯, 쫓고 물고 흔들어댔다. 다른 새끼들에게는 온화하고 자상스럽기 그지없는 노랑이가 갈랑이에게는 모질기 짝이 없었다. 며칠 지켜보고 있노라니 아무래도 갈랑이가 다칠 것만 같아 종이 박스에다가 임시 거처를 만들어 옮겨 놓고 엄마 노랑이의 마음이 가라앉기를 기다리기로 했다.

고백하자면 갈랑이는 노랑이의 친자가 아니었다. 엄마 노랑이가 알

갈랑이가 그립고 보고파 하는 엄마와 언니 오빠, 동생들을 노트북 속으로 만나고 있다.

왕따 당하고 있는 갈랑이가 가여워 손주 해솔과 해범이, 갈랑이를 뜰의 꽃밭에서 데리고 놀고 있다.

품을 기미를 보이자 이웃 농가에서 알을 몇 개 구해다가 노랑이가 낳은 알에 섞어서 품게 만들어 주었다. 이웃집의 토종닭들이 너무 예쁘기에 씨종을 받을 욕심으로 노랑이 몰래 입양을 한 셈이다. 그런데 다른 것들은 색깔이 비슷해서인가 받아들였는데 눈에 띄게 다른 색깔의 갈랑이만은 지금 강하게 거부하고 있는 것이다.

아무런 사연도 자기를 내치는 원인도 알 리 없는 갈랑이는 구석에 쪼그리고 있다가 엄마가 한눈을 파는 사이에 얼른 엄마 품속을 찾아 들어가 숨어버리기도 하고, 모이통 옆으로 몸을 숨기기도 하면서 간절하게 엄마 곁을 원했다. 갈랑이의 엄마를 향한 구애의 모습은 태어난 지 며칠 안 된 짐승의 행동으로는 가히 감동이었다.

'엄마, 나 착하게 밥 잘 먹고 말 잘 들을께. 언니 오빠 형제들과 함께 있게만 해 줘.'

갈랑이의 안타까운 소망의 소리가 내게도 들리건만 엄마의 퍼런 서슬은 쉽게 누그러들 것 같지 않았다.

'노랑아, 갈랑이도 네가 품어서 태어난 네 새끼야, 갈랑이도 거두어주렴, 내가 잘못했다, 노랑아.'

이틀 동안 닭장을 떠나지 못하고 지켜보면서 갈랑이를 받아 달라고 간청했지만 노랑이의 갈랑이에 대한 학대는 여전했으며 조금도 받아들일 기미를 보이지 않았다.

'갈랑아, 미안해, 내가 욕심을 부렸구나. 내가 너희들의 세상을 이해하지 못해서 빚어진 일이란다. 노랑이 엄마가 너를 친자가 아니란 것을 알아 볼 줄 몰랐던 거야. 아무리 나의 돌봄과 사랑이 살뜰하다고 해도 어디 엄마 품속만 하랴마는 어쩌겠니. 나를 따라다오, 갈랑아!'

그 애처로운 사연을 알게 된 어린 손주들과 가족들이 각별하게 갈랑이를 사랑하고 돌보았지만 갈랑이의 눈은 늘 슬픔으로 가득했다. 컴퓨터에 엄마 닭 노랑이와 형제들의 사진을 올려놓고 가족들을 만나게 만들어 주었더니 목을 길게 빼고 컴퓨터 안의 가족들을 슬픈 눈으로 바라보면서 떠날 줄을 모르기도 했다.

'많은 사람이 나를 사랑하고 꽃방석에 앉혀두어도 나는 슬프기만 하다. 나는 엄마가 무지 좋은데. 그리고 형제들과 함께 놀고 싶은데. 그립고 보고파 엄마.'

날이 갈수록 갈랑이의 눈은 더욱 슬픔에 젖었다. 그런 사연을 안고 나와 함께 집안에서 살게 된 살랑이, 그 가여운 갈랑이를 혼자 두지 않으려고 산책길에도 안고 다니고 텃밭에 나갈 때는 박스에 담아서 곁에 두고 밭일을 했다. 그렇게 돌보다 보니 갈랑이는 정말 나를 엄마로 아는지 나의 손바닥에서 잠을 자고 내 무릎 위에서 재롱을 부리면서 놀았다. 짐승이라도 처음부터 이렇게 함께 하면 친해질 수도 있구나. 차라리 좋은 경험을 해 본다고 생각했다.

그렇게 보름쯤 지나고 보니 갈랑이는 슬픔과 외로움을 딛고 생기를 찾아가는 듯 했다. 양쪽 옆구리에서는 갈색 날개가 돋아나고 날개를 파닥거리면서 폴폴 날기도 했다.

꽃이 지천으로 피어있는 산골의 조용한 봄날이었다. 종이 박스를 자기 집으로 알고 있는 갈랑이를 데리고 텃밭으로 나갔다. 텃밭 가장자리에 박스를 두고 풋나물을 속기도 하고 잡풀을 뽑기도 하면서 텃밭을 돌보고 있다가 잠깐 자리를 비웠다. 그런데 그 잠깐 사이에 갈랑이가 없어졌다. 아무리 둘러보아도 갈랑이가 보이지 않았다. 정말 잠깐 사이였다. 아아~~!!

엄마 노릇을 한다고 하지 않았던가. 그 허술한 집에 지붕도 없는 허술하기 짝이 없는 종이박스에 폴폴 날기 시작한 갈랑이를 혼자 두고 자리를 비우다니…. 엄마 노랑이는 절대로 병아리들을 멀찌기 두고는 혼자 자리는 뜨는 적이 없지 않던가. 잠깐이라도 보이지 않으면 돌아보고 또 불러 모아 품어주고 먹여주고 하지 않던가.

찾아 다녔다. 뜰 구석구석을 찾아다니고 뒷산 언덕을 오르내리기도 하고 개울가를 샅샅이 뒤져도 보았지만 어디에도 주먹만 한 갈랑이의 모습은 없었다. 저쪽으로 들고양이가 휘익 바람을 일으키며 달려가는 모습이 보인다. 머리카락이 날을 세우며 온 몸에 소름이 돋았다.

그렇게 갈랑이가 내 곁을 떠난 지 몇 달이 되었다. 꽃들이 한창 피는 봄날에 떠난 갈랑이는 계절이 바뀌어 가는 데도 돌아올 기미가 없다. 닭장 안의 그의 형제들은 이제 몸뚱이가 엄마만큼 자라 수탉과 암탉이 되어 가는데….

나는 오늘도 안타까운 심정으로 갈랑이를 기다리며 뜰을 서성거리고 있다.

엄마의 피자와 할머니의 국수를 주문받고 음식 만들기 하는 8살 해솔, 6살 해범이

엄마가 주문한 피자를 완성시킨 8살 해솔이 ㅎㅎ

아가들의
흙놀이
- 2013년 7월

휴일에 할머니를 찾아 온 아가들은 흙놀이에 관심이 많다. 살림살기 소꿉놀이, 아가들에겐 흙이 쌀이고 밀가루이며 풀들이 과일이고 야채가 된다. 할머니의 곰탕, 할아버지의 비빔국수, 아빠 엄마의 피자를 주문받아 놓고 신바람을 일으키며 음식을 만들고 있는 아가들, 꽃이 아름답다고 하나 아가들보다 고울까.

그 어느 장난감보다 흙놀이를 재미있어 하는 아가들, 할머니에게 올 때엔 따로 장난감이 필요 없다. 아예 장난감들을 가지고 오지도 않는다. 아마도 아가들은 머리와 가슴에 어린시절의 추억을 차곡차곡 쌓아 갈 것 같다. 그래서 그 애들이 성인이 되고 어른이 되었을 때 추억을 떠올리면 가슴이 촉촉하게 젖을 것이다.

한주일 동안 유치원과 학원을 오가다가 주말 할머니에게 돌아온 아가들에게 색다른 놀이꺼리는 그들 추억에 단비가 될 것을 생각하면 할머니 역할 제대로 하고 있는 것 같아 마음이 뿌듯해진다.

지금도 뜰엔 패랭이꽃이 불타고 있다.

검불을 긁어 모아놓고 골프공으로 새가 알을 낳은 모습을 만들어 내는 여섯 살짜리 손자 해범이~

골프채에
곰팡이 피었네
- 2013년 8월

따근따근한 햇살을 손바닥에 받아본다. 데구루루 구르며 달아나려는 밝은 햇살을 얼마 만에 받아 보는가.

수십 년 만에 가장 긴 장마라는 뉴스들이 머리 어지럽게 만들면서 중부 지방에 쭉 이어지던 장마였다. 하도 오래만에 바람도 살랑 햇살도 따뜻, 아니 뜨끈한 삼복더위의 햇살이지만 마냥 반갑기만 하다. 세상천지가 장마 끝의 폭염에 전기난리니 물을 찾아 떠난다느니 하면서 야단법석들인데 나는 지금 햇살에 널어 말릴 것들을 찾아다닌다.

백여 포기 심은 고추나무에서 긴 장마에 용하게도 살아 붙어 있는 빨간 고추를 따다가 햇살 바른 곳 찾아다니며 널고 걸레를 삶아 빨아 널고 이불을 내다 널고…. 햇살이 이리도 상쾌하고 필요한 것인 줄을 새삼 절감하고 있다. 이 고마운 햇살이 오늘만 우리 집에 왔다가 또 불현듯 도망이라도 갈세라 불안한 마음에 몸도 마음도 바쁘다.

그러다가 신장도 햇살 섞인 바람 좀 쏘이거라 하면서 신장 문을 열었는데 맙소사. 곰팡이 냄새가 진동을 한다. 밀쳐 두었던 골프채도 희끄무레한 곰팡이가 슬어 본색이 바래졌는가 하면 신발들도 곰팡이꽃이 피어 허접스럽기 짝이 없다. 망연자실한 심정으로 바라보고 있다가 신발부터 시작하여 곰팡이를 닦기 시작했다.

수년 전 남편이 큰 수술을 받고 나서 장시간의 여행이나 운동들을 기약 없이 접게 되었는데, 주인이 기운을 잃고 돌아보지 않는 동안 사랑을 받지 못한 운동 기구들은 허접스러워졌다.

촉촉한 타월에 세제와 우유를 발라 가방부터 시작하여 골프채를 닦기 시작했다. 알록달록한 티와 공을 정리하고 있으려니 고운 티에 하얀 공을 올려놓고 드라이브를 휘둘렀던 그 시절이 떠올랐다. 드라이브에 잘 맞은 공이 경쾌한 소리를 내며 하늘높이 날아갈 때의 그 상쾌함, 뉴질랜드 이민생활 몇 년 동안 골프는 중요한 일과 중의 하나였다. 회원 가입만 해 놓으면 따로 그린 피(green fee)를 내거나 부킹을 하지 않아도 새벽마다 골프를 즐길 수 있는 그 나라의 골프 환경, 그 좋은 이용의 기회를 놓칠세라 거의 매일이다시피 새벽 골프를 즐겼다. 바다를 끼고 있는 북부케골프장, 조를 짜고 짝을 맞추기 어려운 남의 나라에서의 혼자 하는 새벽 골프, 텅 빈 골프장에서 어둠을 가르면서 시작하여 18홀을 돌고 나면 아침이 되었다.

그 새벽의 두어 시간 동안에 나는 골프만 치는 것이 아니라 태평양 바다에서 솟아오르는 새벽의 태양을 맞이하고, 바다를 붉게 물들이던 아침노을은 만날 수 있었다. 곱게 다듬어진 골프장의 잔디 위에서는 토끼 가족, 오리 가족과 동행했으며 곱고 고운 새들과도 함께 했다. 일곱 가지 색으로 떠오르는 무지개의 시발점을 바로 곁에서 발견하고는 그 신기함에 몸이 떨리기도 했으며 우리 꽃이라고 여겼던 민들레와 패랭이 꽃도 낯선 땅에서 만나니 또 얼마나 반갑던지….

추억 속을 넘나들면서 손운동을 하다가 보니 골프 가방과 골프채, 신발들도 윤기를 내며 반짝거린다. 언제 다시 사용하게 될지 기약 없는 그들을 정리하면서 나를 돌아보고 또 내 마음속도 들여다본다. 보드라운 면포에 세제를 살짝 발라 마음도 몸도 반짝반짝 빛이 나게 닦아 볼 수는 없을까. 정성들여 닦으면 그것들도 빛이 나 줄까.

미장원을 제때에 드나들지 않아 정리되지 않은 채 제멋 대로 길어진 머리, 이젠 제법 길어서 둘둘 감아 걸어올리니 어설프게나마 올림머리가 되었다. 얼굴에 화장기가 있으면 모기나 벌이 따라 다니니 아예 선크림도 사용하지 않는다.

처음 이곳으로 이사 올 때 이웃하고 살게 된 한 여인이 '여기에 삼 년 만 살면 사람 버려요' 하던데 정말 그런가. 나 이곳에서 삼 년째 살고 있으니 나는 버린 사람인가. 뒤뜰의 느티나무 아래에 노트북 들고 앉아 이 글을 적고 있는데 매미가 목에 곰팡이라도 슬까 봐 죽어라고 울어댄다. 오늘은 그들의 노래가 아우성으로 들려온다. 몸과 마음에 생긴 곰팡이가 걸레질을 한다고 말끔해질 리도 없을 테니 그럼 매미나 개구리처럼 나도 소리라도 질러 볼까.

오늘도 단내 풍기는 햇살은 내가 까치발을 딛고 따라 다니지 않아도 나에게까지 공평하게 나누어지고 가을향내 품은 하늬바람도 나를 건너뛰지 않았다. 거기다가 온갖 풀꽃과 새들이 노래하는 평화가 고여 있는 산골마을, 이곳에서 오늘도 소풍 온 기분으로 하루를 맞이하고 있으면서 더 이상 무엇을 바라는가~.

7부

깨보송이에
담겨져 온 정

깨보송이에
담겨 온 정
- 2013년 10월

가을이 깊어갈 즈음 이웃하고 사는 팔순의 어르신께서 참기름과 깨보송이를 들고 오셨다. '요즈음 국산 참깨가 값이 엄청 비싼데 이렇게 귀한 것을…' 하면서 두 손을 내미는 나에게 선물을 건네 준 어르신께서는 아까울 것 없다는 듯 넉넉한 미소를 내려놓고 가셨다.

참기름 병의 뚜껑을 열고 흠흠거려 보기도 하고 깨보송이 봉지를 열고 그 고소한 향기를 맡으면서 무엇으로 이 빚을 갚을까, 생각하다가 기억나는 것이 있어 혼자 웃었다.

'아~! 어르신께서는 그때 그 일이 고마웠던 모양이구나.'

어르신 내외분은 이웃하고 있는 곳에 이천 평이 넘는 밭농사를 짓고 있었다. 유월 어느 날, 밭일을 하고 있는 어르신 곁으로 마실간 나를 보고 넋두리하듯이 농사짓는 이야기들을 하셨다.

"참깨 씨 세우기를 해야 하는데 그것도 시기를 놓치는 것 같고, 콩 모종도 해야 하고 고추의 곁가지도 따 주어야 하고…. 점심도 서서 뜨는

둥 마는 둥 잠시도 엉덩이를 땅에 붙여보지 못하고 일을 하는데도 손이
돌아가질 않아…"

파밭의 풀을 분주하게 뽑으면서 늘어놓는 어르신의 이야기에 괜스레
가슴이 짠해왔다. 먹고 살기가 급급한 형편도 아닌 것 같은데 땅을 비워
두고 그냥 있지 못하는 어르신들, 이야기를 들어드리는 것만으로도 그
분들의 답답함이 좀 풀릴 것 같아 어르신 주변을 서성거리다가 농장을
둘러보았다.

오뉴월의 농장들은 너무 아름다웠다. 얼마 전에 자리 잡아 앉혀 놓은
고추 모종들은 어느 틈에 뿌리를 내렸는지 힘있게 가지를 뻗으면서 동그
란 꽃망울을 달고 있었고, 소복하게 올라 와 있는 콩 모판의 새싹들은
어서 제자리 찾아 옮겨 주기를 기다리고 있었다. 풋풋한 미소를 머금고
있는 참깨들의 새싹, 수수, 오이, 옥수수 싹 등등 봄날에서 여름으로
건너가고 있는 유월의 들녘에서는 풋풋한 생명의 소리들이 가득했다.
그들은 각자 솟아오르려는 푸른 소망을 담아 보내면서 사람들의 손길을
기다리고 있었다. 수필가 어느 선생님은 오월의 나뭇잎을 부드럽다고
노래했지만 그 나뭇잎들을 땅에서 솟아올라 오는 새싹들의 보드라움에
비하랴.

나는 여리고 보드라운 참깨 새싹들의 살갗을 쓰다듬어 보다가 그 고운
느낌에 빠져 그만 참깨 밭에 주저앉고 말았다. 참깨 싹들은 한 구멍에
대여섯 개씩 소복하게 올라와 파란 웃음을 폴폴 날리고 있었다. 그 새싹
들을 키가 더 크기 전에 두 포기만 두고 솎아버려야만 남은 싹이 쓰러지

지 않고 잘 살아 붙는다고 했다. 그렇다고 마을에는 남의 손을 빌릴 한가한 손들도 없고 보니 어르신 내외분은 이리 뛰고 저리 뛰어도 참깨 밭은 뒷전으로 밀리고만 있었던 것이다.

"그럼 애당초 참깨 씨앗을 두 개씩만 넣었으면 일손을 덜 수 있지 않나요?"

했더니 참깨는 두 개 정도 심으면 씨알이 작으니 새싹도 여려서 흙을 밀고 올라오기엔 힘이 부친단다. 그러니까 함께 힘을 모아 흙덩이를 밀고 소복하게 올라와 있는 새싹들은 살아남길 한두 포기를 위한 희생물이 되는 셈이었다.

가만히 생각해보니 그 일은 힘들지도 않으면서 재미있을 것 같고 또 어르신들께는 도움이 되는 일일 것 같아 '참깨 싹 세우기 도우미 역할'을 하게 되었다. 대여섯 개의 새싹 중에서 가장 건강해 보이는 새싹 두 포기를 두고 나머지는 뽑아버리는데 그 뽑은 자리의 구멍 난 부분에 보드라운 흙으로 북을 주어 남아있는 새싹이 상처받지 않도록 흙을 꼭꼭 여며주는 일이다. 농사일은 보통 힘들고 거칠다고 생각했는데 그 작업은 손놀림이 작고 섬세하여 글을 쓰는 일처럼 나를 몰두하게 만들어 주었다.

살아남게 해 달라고 파란 미소를 보내면서 애원하는 새싹들을 모지락스럽게 뽑을 수밖에 없었고, 뽑혀진 새싹들은 유월의 따가운 햇살아래 버려져 무참하게 죽어갔다. 식물들도 삶과 죽음의 갈림길에서 선택 받지 못한 생명체는 가지가 잘려지고 뿌리가 뽑혀지면서 소리 없이 사라져가고 있었다. 어쩔 수 없이 그 안타까운 모습을 내 손으로 저지르고 매만지는 작업을 한 지 이틀 만에 참깨 밭은 깔끔하게 정돈이 되었다.

처음 해 본 일이라 남의 농사 그릇되게 하지는 않았는지 여린 새싹들의 뿌리가 흔들리지는 않았는지 며칠 동안 마음을 놓을 수가 없었다. 그러나 그 염려는 기우였던 듯 참깨 싹들은 며칠 몸살을 하는가 싶더니 잘 살아남아 씩씩하게 자라기 시작했다. 언덕 위의 우리 집에서 내려다 보이는 참깨 밭인지라 뒤뜰에 나서면 참깨 밭을 바라보게 되었으며, 마치 어린 손주들을 낯선 이웃에 풀어 놓은 것처럼 참깨 밭은 이제 남의 밭이 아니라 나의 관심의 밭이 되었다.

가뭄 끝에 초여름 비가 내리고 천지가 촉촉해지자 참깨는 줄기를 쭉쭉 뽑아 올려 키를 키우고 줄기가 굵어지더니 하얀 깨꽃이 피기 시작했다. 여름 내내 깨밭은 온통 하얀 꽃밭이었다. 작은 씨앗에서 솟아오른 여린 새싹들이 연상되지 않을 만큼 참깨가 자라는 모습은 튼실하고 늠름했다. 하루가 다르게 푸르게 어울리며 열매를 달아가는 한해살이 농작물의 일생을 바라보면서 감동하는 날들이 이어졌다.

그리고는 시간이 지나면서 잊고 있었다. 성장의 여름이 지나고 결실의 가을을 보내고 가을걷이에 바쁜 늦가을이 되었다. 그런데 어르신께서는 그때 그 일을 잊지 않고 있다가 참깨 추수를 하고 나서 이렇게 품삯을 아니 고마움을 깨보송이에 담아 전달해 온 것이다. 사실 그 일이 나에게는 품삯 받을 일이 아니라 좋은 경험을 하게 해준 고마운 일이었는데….

내려놓지 못한 이것은
무엇인가~
- 2014년 1월

그냥~~

산을 바라보며 찾아오는 새들과 함께 하고, 뒤뜰에 까치집 지어 놓고 새끼 치는 것 신기하게 바라보면서, 그리 살면 되는 줄 알았다. 찾아오는 손주들 맞이하고 그들의 알록달록 고운 재롱들 받아주면서 그리 살면 되는 줄 알았다. 그들에게 귀한 추억꺼리 만들어 주면서 사는 것이 지금 내가 할 수 있는 일이라면서 그리 살면 헛헛하지 않을 줄 알았다. 누가 나를 찾아주지 않아도 누가 내 이름을 불러주지 않아도 나는 나를 내려 놓을 수 있을 줄 알았다.

그런데 나는 지금 헛헛해지는 마음을 가누기 어렵다. 도대체 무엇을 내려놓지 못함일까~. 산골마을에 똬리를 튼 지 3년, 내가 헛헛해지는, 내려놓지 못한 것이 무엇인가를 찾아 나섰다. 노트북 들고 작은 도서관을 찾아 나서고 운동하는 헬스장을 기웃거렸다.

남한강이 바로 내려다보이는 리버타운 찜질방에 노트북을 풀어 놓고

강하면 작은 도서관에서 컴퓨터 일이나 책 읽기 하는 날은 그런 대로 행복 ㅋ

휴식의 시간. 강하면 리버타운 이층 찜질방. 남한강이 내려다보인다. 노트북 앞에 놓고~

헛헛한 마음을 다스려보기로 했다. 컵라면 하나 주문해 들고 앉아 한나절을 보냈다. 나는 지금 무엇을 내려놓지 못해서인가. 무엇과 타협이 안 되어서인가. 가슴 저 밑바닥에 나를 풀어내지 못한 무언가가 있다. 못다 풀어낸 내 인생이~

누구에게도 다 말 못한 내 인생이~ 참으로 살고팠던 내 안타까운 삶이 가라앉아 있다. 나는 그것을~ 가라앉아 있는 그 인생을 이제라도 일렁거리게 만들어 줄 수 있을까, 어떻게 사는 것이….

아~ 내가 나이를 너무 많이 먹어가고 있구나~.

가족들이 벼논에 메뚜기 잡으러 나섰다

소나무들이
무너져 내린다
- 2014년 2월

소나무들이 무너져 내린다. 마을을 두르고 있는 뒷산, 그 산을 덮고 있던 소나무들이 인간들이 들이대는 쇠톱에 의해 잔인하게 밑둥이 잘리더니 그 늠름하던 기상도 무색하게 무너지고 넘어진다.

가슴을 자글치게 만드는 그 쇠톱소리, 그들의 아프다는 소리 너무 크게 들려 귀를 막고 가슴을 움켜쥔다. 쓰러지며 토해내는 소나무들의 피냄새, 비린내….

그것은 더 이상 솔향기는 아니었다.

아~ 인간의 끝없는 잔혹함 앞에서 다리의 근육줄이 풀린다. 이제 더이상 산에서 풀어내는 소나무의 덕성을 느껴보지 못할지니.

봄이면 송화를 따다 말리고 솔잎으로는 차를 만들며 여름이면 소나무에서 일어나는 바람소리, 소나무가 풀어내는 솔향기를 품으러 자주 오르내리던 뒷산 소나무숲이었다. 그 숲은 산의 정비작업이라는 이름을 붙여 잔인한 사람들의 손에 의해 영원히 사라져버렸다.

아~ 이제 봄이 오고 여름도 오겠지만, 울울창창하던 뒷산의 소나무향은, 소나무 숲은 이제 없어졌다. 시골이라고 산골이라고 아름답고 순수한 것만 보면서 살 수 있는 것이 아니란 사실에 아프다. 생명을 톱으로 잘라내는 그 잔인함을 빤히 쳐다보면서 구경만 할 수밖에 없었음을, 그인간이 휘두르는 권리의 쇠톱을 제어하지 못했음을 가슴 치면서 통곡하고 미안해 하고 있다.

그래서 나의 2월은 아프고 서러웠다.

비우라, 또 비우라
~강촌~
- 2014년 4월

'오늘은 최선을 다하고 내일은 후회하지 않는다.'가 나의 좌우명이었다.

살아온 지난날들을 돌아보면, 어쩌면 가당찮은 욕심을 부리지 않고 살았기에 크게 후회하지 않은 삶이었는지도 모른다.

언제부터인가 소리 질러 노래를 불러보고 싶었다. 사실은 내가 음치란 것은 알고 있었기에 노래라면 고개를 흔들었다. 어찌어찌 하다가 보니 타향인 양평에 똬리를 틀게 되었는데, 산 설고 사람도 선 타향살이의 외로움도 달랠 겸 노래 교실을 찾게 되었다. 설마 불치의 음치야 있을라고….

그런 심정으로 노래교실을 찾은 지 2년…. 열심히 노래를 불렀다. 아침마다 발성 연습을 하고 옆지기 앞에서도 소리 높여 노래를 부르기도 했다. 옆지기는 때론 박수를 쳐주기도 하면서, "많이 좋아졌어. 잘 넘어가는데…." 거기다가 아들까지 "우리 어머니 음치가 풀리는 것 같아요. 노래방 가셔도 되겠는데…."

가족이 모여 뜰에서 아침식사~

풋나물 준비하는 며늘아가와 손주들

정말 나는 그런 줄 알았다. 내가 남 앞에서 불러도 될 만큼 노래를 좀 부르게 된 줄 알았다. 그러던 참에 노래교실에서 마이크 잡을 기회가 생겼다. 독창을 부르게 되었는데~, 이건 노래를 부르는 것이 아니라 그냥 읊고 있는 것이 내 귀에도 들렸다. 도저히 이어가지 못할 것 같은 상황을 눈치 챈 동료가 훈수를 들어 주어서 중도 퇴장은 하지 않았지만, 내 마음은 만신창이가 되어버렸다. 왜냐하면 나는 나를 믿고 있었기에…. 노력 했으니까 좋아졌으리라 믿고 스스로 마이크를 잡은 것인데 이런 낭패를….

씁쓸했다. 벌써 보름이 지난 지금도 그때의 그 상황을 생각하면 가관이다 싶으면서 무안해진다. 그날 이후 나는 발성 연습도 하지 않고 물론 노래도 부르지 않는다.

음악, 미술, 문학, 체육 등등의 예능은 노력보다 타고난 재질이 있어야 한다. 이 나이 되도록 노래 한 곡 제대로 부르지 못하고 살았다면 그건 분명 음치다. 그렇다면 그게 나의 인생이라 인정해야 했건만 욕심을 부리다니~.

나는 내 자신에게 어깨를 토닥거리면서 다독거려 주었다.

"이봐 강촌, 그대가 잘하는 것, 좋아하는 것만 찾아 다녀도 그대 인생 길지 않다네, 노래~! 그거 연습한다고 누구나 잘 부를 수 있는 것일까. 노력한다고 애쓴다고 이제 와서 풀릴 음치 아니라네. 너무 안타까워 마시고. 그대가 가진 것, 그대가 잘하는 것들을 사랑하고 아끼시게, 강촌."

용문산 나들이. 큰아들 어디 갔나~ ㅎ

며늘아가가
만들어다 주는 반찬은~
- 2014년 5월

서울에 살고 있는 큰아들네 가족은 별 일이 없으면 주말에 내가 있는 양평에 오는데, 올 때마다 몇 가지 밑반찬을 준비해 온다. 소고기장조림, 연근조림, 더덕구이, 갈비 절임, 꼬막조림, 육개장 등등 대여섯 가지씩, 계절 따라 재료를 바꿔가면서 정성들인 반찬을 가져와서 냉장고에 정리해 두고 간다. 국을 끓여 올 때에는 두어 시간은 걸렸을 텐데도 따끈따끈하다.

금요일쯤이면 며늘아가는 전화를 한다, 무슨 반찬이 떨어졌느냐고~.
내가 대구에서 서울이 가까운 양평으로 이사 오고 나서부터이다.

가만히 지켜보노라면 요즈음 며늘아가는 당연한 일을 하고 있는 표정이다. 같은 집에 모시고 살면서 조석으로 챙겨드리지 못함을 미안해하는 눈치이다. 결혼 허락을 받으러 왔을 때

"마음씨 고운 아가씨예요, 제 뜻을 펴고 사는데 뜻을 모아 줄 여자."
라고 아들이 소개하던 십여 년 전의 일이 떠오른다. 십여 년 전이나 지

찬울이 4살 때, 같은 아파트에 살면서 할머니가 돌보아 줄 때~ 바이올렛에 물도 주고 했는데~~

왕따 당하는 병아리 갈랑이, 안타깝고 불쌍하다면서 놀아주는 6살짜리 손자 해범이

금이나 며늘아가가 아들의 속내를 헤아리는 모습은 별로 변한 것이 없어 보인다.

이번 주에 만들어 온 반찬 중에는 떡갈비가 특별하다. 시아버지가 고기 종류를 좋아하지 않으니 마음을 쓴 것 같다. 넙적 떡갈비 한 개씩 구워 노각절임하고 먹으면 영양만점 맛도 그만일 것이라면서~. 시아버지가 노각무침을 좋아한다고 제철엔 빠지지 않는 음식이기도 하다.

나는 식사 준비를 할 때마다 고마운 마음이 든다. 사실 나이가 들어갈수록 음식 만드는 것들을 잊어버리는가 하면 또 만들어 놓아도 옛날 맛 같지가 않아서인가, 옆지기가 트집 잡기 일쑤인데 며늘아가가 만들어주는 반찬들은 무조건 맛있다고 한다.

세끼 밥 챙기기가 귀찮아진 나이, 싱크대 앞에서 반찬 만들어야 하는 수고가 덜어지니 식사 준비 때마다 '며늘아가야, 고맙다'란 말이 절로 나온다.

스쳐가는 인연은
그냥 보내라
- 2014년 5월

아름다운 오월이다. 이를 데 없이 고요한 한낮이다. 겨울을 거쳐 이른 봄 내내 독서에 빠져들었다. 최명희의 ≪혼불≫을 세 번째 읽으며 가슴 앓이를 했고 이어 ≪태백산맥≫을 읽기 시작했는데 오늘 마지막 장을 넘겼다. 빌린 책을 반납하느리 읍내 도서관에 다녀왔는데 갑자기 할 일이 없어진 듯, 소중한 것들을 모두 놓친 듯 가슴이 뻥 뚫린 것 같다. 허허하다.

이제 무엇을 하나. 일단 쉬어 보자. 보다 절실한 게 있을 것이다. 절실하게 하고 싶은 일꺼리가 나타날 것이다. 혼불처럼 태백산맥처럼 가슴 절절하게 만들어 주는 읽을꺼리~~~ㅎㅎ

찔레꽃 향기가 향기롭게 흘러 다니는 산골의 오후~ 한가한 틈을 이용하여 법정스님의 글 한 편 읽다. 한가한 지금 이 시간이 또 한량없이 소중하다.

스쳐가는 인연은 그냥 보내라

함부로 인연을 맺지 마라.
진정한 인연과 스쳐가는 인연은 구분해서 인연을 맺어야 한다.

진정한 인연이라면
최선을 다해서 좋은 인연을 맺도록 노력하고
스쳐가는 인연이라면 무심코 지나쳐 버려야 한다. (중략)

인연을 맺음에 너무 헤퍼서는 안 된다.
옷깃을 한 번 스친 사람들까지
인연을 맺으려고 하는 것은 불필요한 소모적인 일이다. (중략)

우리는 인연을 맺음으로써 도움을 받기도 하지만
그에 못지않게 피해도 많이 당하는데
대부분의 피해는 진실 없는 사람에게
진실을 쏟아 부은 대가로 받는 벌이다.

−법정 스님

아침 간식으로 방금 뜰에서 딴 딸기, 주스도 만들어 옆지기 보살피기 ㅋㅋ
이 정도는 기본입니다. ㅎㅎ

가족들의 나들이

미안해
여보 ㅎ
- 2014년 6월

오늘 친구 문병 갔다 왔어요. 순간 실수로 브레이크 밟는다는 게 액셀 레이더를 밟아 다리 난간을 들이박고 교통사고를 당해 7개월 동안 입원 치료 받고 나온 친구, 온 몸이 만신창이가 되어 천당과 지옥을 넘나들었 다는데…. 두 다리는 철을 박고 아직도 재활치료 받으면서 보조기 신 세…. 독실한 가톨릭 신자인 친구는 옛날 얘기하듯 7개월 전 사고 당시 를 회상했다.

"그냥 다리 난간을 박는 순간 이제 죽었구나 싶었는데 정신을 잃어가 는 순간에 입에서 절로 나온 말이 '하느님 저 살려주세요, 성모님 저 살 려주세요.' 그리고는 미안해 여보."

했다면서 눈물 흘리는 친구 따라 우리도 모두 울었는데….

"왜 남편한데 특히 미안한 일이 있었나. 그 순간 아이들이 먼저 떠올 랐을 것 같은데…."

"그게 아니라 만만한 게 옆에 있는 사람이라, 평소에 하는 일들이 마음에 안 든다고 잔소리했던 것이 죽는다 싶으니 마음에 걸렸던가 봐. 나도 모르게~."

"우리 남편들 좀 봐 주자. 퇴직하고 힘없다고 너무 만만하게 대했던 것 아닌가 싶어. 전기밥솥도 열 줄 모르는 남편이지만 그래도 명색이 육사 출신인데…. ㅎ"

라고 말하는 친구 따라 우리는 울다가 웃다가 했다. '아직은…' 이라고 믿을 것 없더라, 언제 마감할지 모르는 우리 인생이야, 누가 먼저 갈지 모르는 우리네 인생, 누구나 하늘나라 가는 날 예약되어 있는 우리들, 먼저 곁에 있는 사람에게 한스럽지 않게 잘하자꾸나…. 벗들아~ㅎ

지금 곁에 있는 남편, 사랑까진 아니더라도 그래도 정은 남아 있잖아~ 자식에게 최선을 다하는 것도 중요하지만 우리는 남편에게도 최선을 다하고 있는가, 이참에 우리 자신 돌아보자. 어리석은 남자들, 눈치 없는 숙맥들, ㅎ 우리가 안쓰럽게 생각하자.

남편들이 잘했던 일, 고마웠던 일 하루 한 가지씩 생각하기, 매일 나를 돌아보고 반성하기, 이상은 문병 가서의 대화를 간추린 것…. 그리고 남편에게 전기밥솥과 가스레인지 사용법 정도는 가르치기…. 수염이 석 자라도 시대를 따라야지…. ㅎㅎ

자투리시간에
길에서 만난 여인
- 2014년 7월

공중에 뜬 두 시간이 주어졌다. 가까운 면 소재지에서 보낼 수 있다면 허투루 보내는 시간이 절약될 것 같아 인근에 있는 '바탕골 예술회관'을 찾아갔다. 사실 가까이 있으면서도 가보지 못했던 곳이라 마음먹고 찾아 갔는데 아뿔싸, 오늘따라 단체 관람객들이 있어 개인 관람을 받지 않는단다. 회관 앞에서 그만 허탈해졌다. 그래, 이참에 친구와 데이트나 하자. 여기가 마침 친구가 살고 있는 '동오리'니까.

바로 인근이니 친구 만나 커피숍에서 찐한 커피나…. 그러나 전화를 받은 친구는 집을 떠나 멀리 외출 나가 있단다. 에궁… 오늘 강촌은….

사실 나는 양평에 거처를 정한 지 삼 년이 넘었지만, 친구라고 부를 수 있으며 만만하게 전화하여 차 마시고 싶은 사람은 그리 많지 않다. 공중에 떠버린 두 시간…. 시계는 계속 돌아가는데 시간이 아깝다.

그래 시간을 허투루 보낼 수는 없지, 이참에 남한강을 끼고 강하면의

강하주민센터에서~. 벚꽃이 한창이네~

내가 달리고 있는 찻길 옆 7월의 남한강

미처 보지 못했던 모습을 찾아 드라이브나 하자. 자동차의 우측 깜빡이를 넣고 서행을 하면서 드라이브를 하기 시작했다. 그냥 필요에 의해 지나다닐 때와 본격적인 드라이브는 다르다.

맑고 고운 자연에 흠뻑 빠져들었다. 한강변을 따라 푸르른 유월의 자연은 끝없이 펼쳐져 있고, 그 사이사이에 예쁜 전원주택들이 그림처럼 앉아 있다. 공주가 살고 있을 것 같은 집, 마을들…. 양평은 한강 수자원 보호구역이라 오염되지 않아 어느 산골보다 자연이 맑고 깨끗하다. 그렇게 한 십 분쯤 가다가 걸어가는 사람을 보게 되었다. 걸어가는 사람을….

그래 사람이 귀한 산골이다. 더구나 걸어다니는 사람을 만나기는 쉽지 않다. 우리나라 시골에도 언제부터인가, 들에서 일하는 사람도 걸어다니는 사람도 만나기가 쉽지 않다. 들에는 기계들이 대부분의 일을 해치우고 길에는 자동차들이 지나다닐 뿐….

수년 전에 뉴질랜드에 이민 가서 수년 간 살았던 경험이 있는데, 그때 거기에서도 걸어 다니는 사람을 만나기는 어려웠다. 그때의 뉴질랜드에서의 쓸쓸했던 생각을 하면서 달리고 있었는데, 파라솔을 쓰고 유유하게 걸어가고 있는 사람을 만났다. 그 파라솔 곁에 조심스럽게 차를 세웠다.

"말씀 좀 여쭐까요. 여기가 '동오리'인가요. 마을 구경을 나왔어요. 왕창리는 어느 쪽이에요?"

사실 말을 붙이고 싶었다. 동오리, 왕창리가 중요하지 않았는데…. 첫 인상이 편안해 보이는 나와 비슷해 보이는 연령대의 아주머니였다.

"네, 그래요. 여기는 동오리예요, 마을 구경 나오셨다면 저희 집에 가서 차 한 잔 어때요. 우리 집 거의 다 왔는데…."

"아니, 그래도 될까요?"

그렇게 나는 그녀를 옆자리에 태우고 그의 집에 갔다. 그의 집은 나지막한 산 아래 그림같이 앉아 있었는데 집 앞으로는 개울에 물이 흐르고 있었다. 그는 금방 복분자 한 접시와 커피를 가져왔다. 평소에 사람을 맞이하는 준비가 되어 있는 집 같았다.

거실에 앉아 아름다운 자연 얘기며 살아온 연륜이 묻어나는 얘기들을 했다. 공교롭게도 그는 경북 현풍이 고향이라고 했다. 경기도에서는 경상도 사람을 만나기가 쉽지 않다. 뉴질랜드에서 코리아인을 만나기 어렵듯…. 대구에서 온 나는 고향사람을 만난 것만 같아 우리는 경상도 사투리로 이런저런 얘기들을 나누었다. 그렇게 길게 느껴지던 자투리 두 시간은 너무 짧기만 했다. 우리는 서로 아쉬워하면서 전화번호를 입력했는데, 그녀는 나를 '길에서 만난 사람'이라고 이름을 찍었단다.

나는 요즈음 사람이 그리운 모양이다. 깊이 대화할 수 있는 사람이….

길에서 만난 사람, 요즈음은 길에서 사람 만나기도 쉽지 않고 또 사람을 무서워하는 세상이니 길에서 만난 사람을 집에까지 초대하기도 쉬운 일 아니다. 다시 만나기로 기약 없는 예약을 하면서 자투리시간에 맞추어 그의 집을 떠났다.

그렇게 나는 오늘, 길에서 사람을 만났다. 어쩌면 친구가 될지도 모르는 사람을….

양평 군수님과 축하 기념사진 ㅎㅎㅎ

때로는 손자들과 이렇게 눈높이 맞추면서 놀아주기도~ 7살 손자 해범이와 놀이 중~

옆지기가 경기도 '실버바둑대회'에서
수상했답니다
- 2014년 7월

먼저 축하의 박수 보냅니다. 옆지기가 주변의 추천으로 오늘 수원에서 열린 '경기도 실버 바둑대회'에 양평의 바둑 대표선수로 출전했는데 다행하게도 수상했습니다. 큰 상은 아닌 장려상이지만 양평에서 바둑부분의 수상이 처음이라 군수님 등 많은 동호인들로부터 축하를 받았습니다.

건강이 걱정되어 마음이 쓰였는데 무사하게 행사를 치르고 상패까지 받아 들고 온 옆지기에게 오늘은 '당신 멋져ㅎㅎ'라고 말해 주면서 가슴을 쓸어 내렸습니다.

사실 아마 바둑이 그 정도라면 그의 인생에서 바둑으로 보낸 시간이 하 수상한 터(?) 또한 그의 곁에서 그를 바라보며 살아 온 사람의 외롬, 짐작 가시나요? 아마도 오늘 '부상으로 받은 금일봉은 당신이 가지시게.' 하면서 상금이 든 봉투를 내미는 옆지기의 말 속에 숨은 해답은 있는 듯도 한데~.

아들 왈 '아버지 노후 품위 있게 보내시네요.' 좌우당간 오늘은 '좋은 데이'였습니다.

가족들 마을 산책

허백(虛白)의
경지
- 2014년 8월

　이순할 나이가 지나도 한참 지났건만 나는 아직도 스스로 돌아보아도 참을성이 부족하다. 어떤 행위가 지나고 나서 마음 아파하며 후회하는 일이 잦으니 이는 분명 자신을 잘 다스리지 못하는, 다시 말하면 나이값을 못한다는 이야기도 된다.

　매미소리도 지나치니 소음이 된다면서 불평하는 사람들이 많은 모양이지만 깊은 산골에서 듣는 매미소리는 마음과 머리를 편안하게 만들어 준다. 같은 매미소리라도 듣는 사람의 마음가짐과 상황에 따라서 생각하기 나름으로 다르게 다가올 수 있다.

　이런 분위기 좋은 환경에서도 책을 읽는 일이나 글머리를 잡는 일이 영 실마리가 풀리지 않아 애꿎은 잡풀들만 혼줄을 내주고 있었다. 그러다가 멀리까지 보내준 동인지들을 들추기 시작했는데 이 날 운 좋게도 정○○ 선생님의 〈인백과 허백〉이란 글을 읽게 되었다.

　'참을 인(忍)'이란 한자, 칼날 인(刃)에 마음 심(心)이 합쳐져서 된 글이니 칼날같이 모질고 날카로운 마음이라는 상징으로 다가와 선생님의 성에 맞지 않았으나 세월이 흘러 어르신이 되어서야 그 깊은 뜻을 이해하게 되었다는 대목이 들어 있었다. 그 글 한 편을 읽고 있노라니 하고 싶었던 말, 가슴 한켠을 차지하고 있던 어떤 궁금증 하나가 풀리는 것 같았다. 그래, 바로 그거였어. '허백(虛白)' 나는 그 허백을 말하고 싶었던 거야, 참는 것이 아니고 참을 것이 없음을 말하는 '허백의 경지'.

나는 멀다면 멀고 가깝다면 가까이에 살고 있는 그를 지금도 궁금한 시선으로 바라보고 있다. 사십여 년을 지켜보면서 살아왔지만 그가 화내는 모습을 본 적이 없다. 유아기부터 자기 얼굴 모습에 책임을 져야 한다는 사십대인 지금까지 주름을 잡듯이 그와 나는 거리를 늘렸다가 좁히기를 반복하면서 살고 있지만, 가만히 생각해보면 그가 큰 소리를 내거나 화를 내는 얼굴을 거의 본 적이 없다.

왜 없었겠는가, 화나는 일이, 별난 세상에 사는 것도 아니고 주변과 격리된 삶을 산 적도 없다. 더구나 나같이 이순을 넘은 나이에도 감정 조절이 잘 안 되는 사람과 가족이라는 울타리를 치고 살아 왔는데….

그가 어린 시절에는 아우가 개구쟁이여서 더러 귀찮게 굴며 말썽을 부리기도 했을 터이지만, '동생이니까..' 하고 넘어갔으며, 초·중·고 학창시절에는 대부분 실장을 맡아 보았으니 남학교에서의 실장 역할, 그 속이 오죽했으랴, 모든 것이 실장 탓이 되어 선생님께 종아리를 맞아 피멍이 든 적이 한두 번이 아니었는데…, 반 친구들이 일부러 실장 화나게 만들어 보자면서 말썽을 일으키기도 했다는 말을 나중에 들었다.

가족들과 떨어져 객지에서 십수 년간 공부하고 군복무를 마쳤다. 수

월하지만은 않은 과정을 거치고 지금은 고운 여인을 만나 가정을 꾸리고 있는데, 그녀를 만난 지 십수 년이 넘었건만 그녀 역시 그가 화내는 모습을 보지 못했단다. 어쩌면 심성 고운 그녀가 화낼 원인제공을 하지 않았을 수도 있겠지만….

어인 일일까. 수도자도 아닌 그가 어쩌면 참느라고 '참을 인' 자를 하루에도 수없이 가슴에 새기면서 사느라고 속이 숯검정이 되어 있지는 않을까. 어릴 때는 어린 대로 성인이 되어서는 또 그대로 안쓰러운 맘이 들어 충고 비슷한 말을 한 적이 있다.

"너무 참고 살면 속병 난다네, 차라리 화가 나면 화내고 또 뒤에 화해하고…. 억울할 땐 변명도 하고 그렇게 사는 것이 보통 사람들이 살아가는 세상살이 아닐까. 속병 생길라. 이 사람아!"

"화가 나지 않아서 화를 내지 않는 것이지 참으려고 노력하는 것이 아니니 안타까워 마세요. 제 마음도 제 뜻 대로 안 될 때가 있는데 나 아닌 상대가 어찌 제 마음에 꼭 들겠어요. 살아오면서 나와 뜻이 다른 사람을 만나면 그 사람의 입장을 존중해 주면서 잠시 기다리다가 보면 저절로 해결되는 일이 대부분이더라구요."

성인이 되고 나서 그는 마음이 아프고 억울한 일 당한 사람들을 도와주는 일을 하고 있는데 멀찌가니에서 지켜보고 있는 마음이 늘 아리다.

"억울하고 상처 난 사람들의 이야기를 귀담아 듣다가 보면 대부분 그 하소연 안에 해결의 답이 보일 때가 많아요. 왜 귀는 둘이고 입은 하나인 줄을 알 것 같아요."

돌이켜보면 그가 내 가족이 되고 내가 한 일 중에 조금이라도 그의 그런 성격에 영향을 주었을 것 같은 일이라면 유치원 시절 만화책부터 시작하여 국내외 위인전기들을 열심히 준비해 준 일이다. 그는 어린 시절부터 책읽기를 좋아했는데 그가 읽은 책들을 들추어 보면 위인들이 하신 말씀 중에 마음에 드는 구절들을 골라 색연필로 밑줄을 그어 놓았었다. 그런데 위인전기에는 대부분 '자기를 먼저 다스리고 화를 다스릴 줄 알아야 큰 사람이 된다'라는 대목이 들어 있었는데, 그 대목엔 어김없이 밑줄이 그어져 있었다. 그것이 그를 입보다 귀를 열어놓는 사람으로 만드는데 작은 역할이라도 했을까.

돌연변이처럼 불쏘시개 같은 부모 성미를 닮지 않아 참으로 다행하게 생각되지만, 주변 사람들 눈치 채지 않게라도 속앓이를 하고 있는 것은 아닐까, 히는 노파심에서는 벗어날 수 없었다. 그런데 오늘 국어사전에도 없는 허백(虛白)이라는 단어를 선생님의 글에서 만나고 그런 염려스러운 마음에서 놓여날 수 있었다.

사십여 년 전, 한학자이신 친정아버지로부터 '인지위덕(忍之爲德)'이라는 글귀를 받아 들고 시집왔지만 되짚어 보건대 나는 그 글귀에 합당한 삶을 살아오지 못했다. 그러나 이제라도 '인지위덕'보다 평화로운 '허백의 경지' 참는 것이 아니고 참을 것이 없음을 품은 '허백(虛白)의 경지'를 조심스럽게 기웃거려 보고 싶다.

삼복더위의 한낮, 느티나무 가지에서 답답한 사연을 풀어 놓기라도 하려는 듯 매미가 줄기차게 울어대고 있다.

8부

칠십대를
살아가기 위한
준비

남한강이 바라보이는 마을 앞 공원에서 가족들 운동시간

손주들 장기자랑 중

너희들도
팔에 깁스하고 오지 그랬니 ㅎ
- 2014년 9월

　"며늘아가들아, 고맙다. 너희들도 올 때 요즘 유행한다는 팔에 깁스라도 하고 오지 그랬니, 하하하 꼬질꼬질하게 살아온 내 모습들이? 조금은 부끄럽고 또 고맙구나. 올 때 못한 깁스 너희들 집에 가서 하게 될라. 아서라, 아가들아 이제 그만 마무리하렴, 그렇게 하려고 들면 적당하게 살아온 시어미 살림 끝이 없다~."

　"호호호 어머님, 기름때 장난이 아닌데요. 손을 댔으니 끝을 봐야죠. 어머님, 정리하다가 버려도 아깝지 않을 물건들 버렸으니 행여 찾지 마세요. 집에 가서 깁스하고 어머님 아들 부려먹어야죠. 호호호."

　추석 연휴 중이다. 아직 며칠 남은 귀한 휴가이지만, 처가에도 가고 가족들과 영화도 함께 보고, 나머지 황금 휴가에 아들들 가장 노릇도 좀 하라고 어제 오후에 자기들 집으로 보냈다. 기다려야 할 시누이가 있는 것도 아니고…. 손주들은 안 가겠다는 것을 며늘아가들의 심정을 헤아려 내가 아들들 등을 떠밀었다. 며느리들이 해야 할 일은 다 했는데, 결혼 11년차, 9년차 며느리들이지만 시어머니인 내가 아무리 편한 자리 만들어 주어도 시부모가 계신 시댁은, 시댁에 머무르는 것만으로도 그들에겐 시집살이가 아니겠는가.

아들형제 가족들 떠난 마음자리 이리도 평화롭다. 모든 물건들이 제자리에 놓여 있고, 부엌도 반짝, 세간살이들도 반짝, 화장실도 반짝, 거실 바닥도 반짝반짝, 햇볕 바라기하는 행주와 걸레들은 보송보송…. ㅎㅎ

시어머니인 나는 아들 형제들과 산책하고 속닥하게 차 마시면서 이런 저런 얘기들로 시간가는 줄 모르면서 아들 형제 데리고 놀고 있는 동안, 며늘아가들은 손주들을 동원해 집안 청소에 나섰던 모양이다. 말하자면 '대청소 놀이'를 한 것이다.

육십 평이나 되는 큰 집안이니 청소나 정리가 장난 아니란 것을 잘아는 며늘아가들은 아직은 같이 놀아달라고 조르는 유치원생과 초딩들을 동원 '청소놀이'를 한 것이었다.

시작은 큰며늘아가가 했지만 지휘는 교사인 작은며늘아가가 한 모양이다. 부엌은 작은며늘아가가 맡았고 화장실 세 개는 큰며늘아가가 맡았으며 방들과 거실 청소기 돌리기는 4학년인 큰손주가, 환경걸레 문지르기는 2학년인 손녀, 그리고 1학년 손녀와 유치원생인 막내는 구석구석 걸레질하기…. 호호호 그런 연유로, 그런 그들의 놀이 덕분에 나는 열 명의 식구가 며칠 머물렀던 집안에 손댈 것이 없어 코스모스 길이나 산책하면 되는 편한 시어머니가 되었다.

고맙지 아니한가. 이만하면 자식 덕 톡톡하게 보고 있는 것 아닌가. 이만하면 업어주어도 아깝지 않을 며늘아가들 아닌가. 누가 일러 '요즘 자식들 소용없다'라는 말을 쉬이 하는가.

조금 있으려니 해가 지고 보름달이 두둥실 떠올랐다. 나는 뒷산에 올라 나도 모르게 보름달을 향하여 두 손을 모았다.

"감사합니다. 그리고 또 감사합니다. 늘 감사한 마음만 가슴에서 피어날 수 있도록 그렇게 마음 다스리면서 살겠습니다. 나이에 맞게 내려놓을 것 내려놓고, 잘못한 것은 내 탓이 되고 잘한 것은 상대의 덕이라고 생각하면서 살아 갈 수 있도록 도와주세요. 특히 미덥다고 쉽게 생각할 수 있는 가족 간에~ 감사한 마음으로 남은 인생 정리하고 다듬어 갈 수 있도록 도와주세요.

내가 떠난 후, 그리운 엄마, 그런대로 괜찮았던 시어머니, 고마운 아내, 재미있었던 할머니로 기억될 수 있도록 그런 인생으로 마무리할 수 있도록 도와주세요.

나도 생각만 해도 애틋한 친정엄마가 되고 싶었으나 나의 뜻과는 상관없이 며늘아가들에겐 어려운 시엄마가 되어 있었으니 그것은 제 탓이 아니오이다."

나는 누구를 향하여서인가, 그렇게 기도하고 있었다.

땅콩이 달렸어요. 큰아들과 손자 해범이

더도 말고 덜도 말고
이 가을만 같아라
- 2014년 9월

    가을의 한가운데는 이를 데 없이 풍성하다. 들에 나가도, 산을 올라도 집안을 둘러보아도 천지가 풍성하다. 코스모스가 풍성하게 피어있고 들의 곡식들도 누렇게 익어가고 있다. 집 앞의 단풍나무도 뒤뜰의 낙엽송들도 단풍으로 물들어가고 있다. 미리 단풍들어 나뭇잎 우수수 떨어지는 쓸쓸한 자리를 구절초와 용담들이 그윽한 향기를 풍기며 메꾸어 주고 있다. 그렇게 시간은 흐르고 가을은 깊어간다.

    한 고랑으로 이어진 고구마를 캐고 땅콩을 뽑으면서 신기해하고 즐거워하는 고운 웃음들…. 고구마 알이 여느 농가의 것처럼 굵지 않고 땅콩 알이 영글지 않으면 어떠하리…. 그 작은 열매들을 뽑아들고 웃는 아름다운 미소가 이리 소중하게 다가오는데…. 그래도 호박고구마 한 박스 땅콩 한 되 정도는 수확했으니, 풍성하지 아니하뇨. ㅎㅎ

    울산의 둘째 가족도 양평까지의 먼 거리 달려오기를 망설이지 않았다. 그들을 위하여 가꾸어 놓았던 곡식들(화초에 불과하지만)을 거두는데 아가들의 재롱이 거두는 고구마나 땅콩보다 더 풍성했다. 거기다가 뜰에는 구절초가 만개하니, 강촌의 가을은 이래저래 풍성하다.

    더도 말고 덜도 말고 이 가을만 같아라~.

땅콩나무 들고 신난 손자 찬울이

가족들이 모여 고구마 캐는 날

시댁에
며늘아가의 전화가
습관이 될 때~
- 2014년 11월

결혼 십일 년 차인 며늘아가는 결혼 후 거의 매일 전화를 한다. 그건 아들도 마찬가지다.

그래서 시어미인 나는 볼 일이 있을 때만 전화하게 된다.

"어머님, 지금 저 헬스 가는 길입니다. 저녁 반찬 무엇하고 드셨어요. 비가 오는데요, 어머님 계신 곳은~요. 아이들 숙제시키고 있어요. 애비는 오늘 모임이 있어서 좀 늦는대요, 오늘 자녀 영재 교육이 있어서 가보려구요. 우리 외식 왔어요. 영화 보러 왔어요. 수영 왔어요. 어머님 이번 주말에는 반찬을 무엇으로 준비할까요~. 저녁에 돼지고기 삼겹살 듬뿍 넣고 김치찌개 끓였더니 애비는 고기만 건져 먹어요, 글쎄ㅎ~ 등등…."

멀리 떨어져 살아도 서로가 밥상의 모양도 대강 그려지고, 서로의 하루살이가 적당하게 떠오른다. 자주 전화를 하다보면 자질구레한 생활을

큰아들 가족. 휴일에 부모님 집에 다니러 온 날. 마을 회관 배드민턴장에서 ㅎㅎ

할머니 집 뒤뜰에서 구구구~ 병아리 부르면서 모이 뿌려주고 있는 9살 손녀 해솔이 ㅎㅎ

얘기하게도 되고 할 말도 많아지지만, 오랜만에 전화를 하면 시어머니와 며늘 관계나 부모 자식지간, 또 친구간에도 안부 묻고 나면 별 할 말이 없어진다. 며늘아가가 매일 전화를 하게 된 것은 물론 개인의 성실한 성향이 기본이지만 아마도 아들 영향이 조금은 있지 않나 싶다

91학번인 아들은 대구에서 서울로 유학을 갔다. 그러니까 25년 전 이야기가 된다. 기숙사에 살던 아들은 대학캠퍼스에 서 있는 공중전화기로 거의 매일 전화를 했다. 그때 나는 공중전화기 앞에 줄을 서서 기다리면서 시간을 낭비하고 있는 것은 아닌가 염려되어, 무소식이면 무탈한 것으로 알겠으니 매일 전화하지 않아도 된다고 부탁했지만, 처음 집 떠나게 된 갓 스무 살의 아들은, 어머니 음성을 듣고 나면 하루가 편안하고 공부에 집중도 잘된다고 했다. 그리고 꼭 공중전화 부스가 비어 있으면 엄마 생각나서 전화 드리는 것이니 시간 낭비에는 염려 놓으시라고 안심시켰다.

이제 어미와 떨어져 산 세월이 함께 한 세월보다 길다. 돌이켜 생각해보니 그 25년이란 세월 동안 군대생활 2년 정도를 빼고는 아들은 엄마인 나에게 거의 매일 전화를 한 것 같다. 특별한 경우를 제외하고는… 공중전화, 삐삐, 휴대폰으로 발전하면서~.

아들은 이십 대 중반에 지금 며늘아가를 만나 7년 동안이나 여자친구로 지냈다. 결혼을 생각하면서 사귀었다면 당연 그 가정의 문화와 분위기와 상대방의 삶의 기준과 기호를 염두에 두었을 것이다. 지금 며늘아가가 처음 나에게 인사왔을 때 아들 뒤에 몸을 반쯤 숨기고 한 발짝 뒤로

물러선 모습, 그 자세가 그녀는 내 아들을 편안하게 만들어 줄 것 같은 예감이 들었다. 어쩌면 그런 그녀의 조신스러운 태도가 아들의 사랑을 받고 선택을 받았으며 그 사랑이 결실을 맺었는지도~ 그리고 그녀는 그런 아들의 삶에 신뢰를 가지고 공을 들였는지도 모른다.

십여 년 전이나 지금이나 아들과 며늘아가의 태도는 크게 변하지 않았다. 전화도 효도도 모두 습관이고 버릇이라고 생각하는 아들을 며늘아가는 신뢰하는 것 같아 보인다. 아마도 이제는 며늘도 습관이 되어서인가, 시장바구니 들고도 전화하고 차를 마시다가도 전화하며 헬스 운동하다가 숨 가쁘게 쉬는 시간에도 전화를 한다.

아들은 점심시간에 점심 시켜놓고 기다리는 시간, 거리를 걷고 있을 때 전철을 타고 갈 때 등등, 손이 심심하거나 생각나면 아들 부부는 전화한다. 손주들 자랑하고 싶을 때나 남편을 깨워 새벽 일찍 운동 보내놓고 며늘아가가 전화를 할 때는 칭찬 듣고 싶은 분위기다.

그러다보니 전화 음성만 들어도 서로 대강 분위기를 알아맞히고 오늘 그들의 생활이 떠오른다. 오늘은 컨디션이 좋은 모양이구나, 아니면 피곤한 모양이네, 감기가 오고 있나. 잘 풀리지 않는 일이 있나….

같이 살아야하는 관계인데 그렇게 하지 못하니 전화로라도 서로의 삶을 전달하고 안부를 물어야 마음이 놓이는 모양이다. 자연 떨어져 살고 있어도 별로 궁금한 게 없다. 그리고 습관이 되니 매일 전화를 거는 것이 번거로울 것도 없이 생활의 일부가 되어가는가보다. 사실 같이 살면서 조석으로 문안드리고 밥상 차리고, 서로의 시선 아래서 사는 것에 비하면 현명한

처사 아닌가, 하는 생각이 시어미 입장에서 들긴 한다. ㅎㅎ

습관은 하루아침에 이루어지는 것은 아니다. 아울러 좋은 습관은 저절로 이루어지기는 어렵다. 나는 늘 며늘아가와 아들에게 고맙구나, 잘했구나, 라는 말로 속내를 표현하면서 손주들이 좋은 모습 닮아 가기를 기도한다.

"어머니 글쎄, 저녁 먹고 설거지하고 딸내미 숙제 보아주기로 했는데, 설거지 끝내고 보니 딸내미 코~ 잠들었지 뭐예요. 에구 참~"

깔깔 웃으면서 3학년짜리 딸내미 흉을 보는 이제 마흔이 된 며늘 아가.

오늘도 그렇게 하루가 지나가더라~.

문학관 잔디밭에서 자유롭게 글짓기 백일장 모습, 양평군 SNS 서포터즈 기자 자격으로~

제12회 황순원 문학제에서

- 2015년 5월

황순원 탄생 100주년 기념 문학제가 열렸다.

경기도 양평군 서종면의 산 중턱에 자리 잡은 소나기마을 황순원 문학촌에서는 9월 11일에서 13일까지 선생님을 추모하고 기리는 갖가지 행사가 있었다. 첫날에는 영상 상영과 선생님의 시와 소설에 대한 주제발표와 토론이 있었으며, 둘째날에는 꿈나무들을 키우기 위한 백일장과 그림 그리기 대회가 열렸다. 그리고 다양한 콘서트 오케스트라 등 다양한 문화행사가 이어져 고즈넉한 문학관의 분위기가 밝고 새로워지기도 했다.

원두막에서 그리고 잔디밭이나 나무 그늘에서 옹기종기 모여앉아 시를 만들고 그림 그리기를 하는 꿈나무들로 문학관은 생기가 가득했다. 김밥과 과일들을 먹어가면서 자유롭게 글을 쓰고 그림을 그리는 꿈나무들을 보고 있으려니 몸을 튼튼하게 체력을 다지는 생활도 중요하지만, 마음을 모아 꿈을 그리고 시를 적으면서 꿈을 키우는 모습 또한 소중하다는 생각이 들었다.

또 다른 정신을 다스리는 고귀한 모습들이 아닌가.

나는 오늘 양평군 SNS 서포터즈 기자 자격으로 취재 차 온 길이다.

길상사에서 수필가 선생님들과

하룻밤 룸메이트 수필가 선생님들

'제15회 수필의 날'에 참석하고
- 2015년 5월

　수필이란 끈이 있었기에 우리는 첫 만남이지만 편안할 수 있었다. '수필의 날' 참석 차 양평의 시골 아낙 큰맘 먹고 한양 나들이 했는데, 칩거한 지 5년여 만의 나들이였는지라 쭈뼛거려지고 서먹할 것 같았다. 그러나 역시 수필을 사랑하는 선생님들과의 만남은 금방 지인이 되었고 격의 없이 대화할 수 있는 사이가 되었다

　서울 오 선생님도 함께 숙박을 결정하고 우리는 룸메이트가 되었으며 밤 새워 얘기하느라 잠을 설쳤다. '수필문학'이라는 끈은 우리에게 말로 다할 수 없는 신뢰를 주었으며 구수한 숭늉 같은 향기를 풍겼다.

　길상사에서 약수 한 모금 들이켜고 나니 가슴이 싸아 했다. 처음 만나 하룻밤에 정이 들어버린 우리 룸메이트들, 우리는 이틀 동안 만남을 행복해하고 아쉬워했다. 그날의 외출과 사람과의 만남을 나는 칩거보다 더 아름다운 날이었다고 생각하게 되었다.

　어쩌면 이 외출이 칩거에서 탈출할 수 있는 계기가 되진 않을까, 나도 궁금하다.

손톱에 봉숭아 물들이기

양평에 다니러 온 날, 아들가족들과 물안개 공원에서

아들 네로부터
매달 용돈 받고 있는데~
- 2015년 10월

25일 아침 9시가 조금 넘으면 어김없이 아들 이름으로 용돈이 입금되었다는 메시지가 핸드폰에 뜬다. 아들형제 부부가 결혼하고 부터이니 십여 년이 넘었다.

"부모님 생활이 먼저입니다. 부모님 용돈 드리고 저희들 생활하고, 저축은 나중에 해도 됩니다. 저희들은 아직 살아 갈 시간이 많잖아요, 우리 형제에게 인생을 올인하신 부모님, 얼마나 남았을지 모를 부모님 인생이 먼저입니다. 이제 저희들이 부모님을 받들 때입니다. 저희들 행복하게 살고 있으니 염려마세요."

아들 형제 부부는 늘 부모님 삶이 편안하고 평화로워야 자기들이 행복하다고 했다. 그리고 아들 형제는 우리 부부에게 늘 고맙다고 했다.

성인인 서른 살이 넘도록 공부한 아들에게 지극정성으로 뒷바라지해주신 부모님, 사랑하는 여인이 있었지만 결혼해야 하는데 늦도록 공부하다보니 둘 다 맨손이었다. 아들부부의 미안한 마음 다치지 않게 여며

찾아오는 아들 형제 가족들에게 한가로운 한때 추억 만들도록 자리 깔아 주기도 했으며~ 초딩 손주 네 명,
아마도 전원의 할머니 기억해 줄 것 같습니다.~~

초딩 1학년인 막내의 희미한 기억은 블로그와 가족 카페에 사진이 올려져 있으니
참고하면 기억을 더듬을 수 있겠죠. ㅎ

주며 비상금 털어 혼기가 꽉 찬 그들, 결혼시키고 소박하게나마 사랑의 보금자리 꾸리게 만들어 주신 부모님, 부모님 덕분에 등록금 융자로 빚을 지지도 않았고 어떤 무거운 짐 지지 않고 홀가분하게 새로운 삶을 시작하여 사람노릇 할 수 있게 만들어 주신 부모님 감사하다나요.

우리 한국의 대다수의 부모들은 자녀들에게 각자 능력에 따라 그 정도는 하는 것 아닌가. 그렇게 부모 도리하려고 열심히 일했던 것 아닌가요? 서울이나 대구 아파트 값이 월급쟁이 부모가 감당할 수 있는 수준이 아니라, 집장만 하나 변변하게 해 주지 못한 것이 못내 가슴이 아린데…. 부모 마음 알아주는 그들이 고맙고, 어른노릇 하면서 살아갈 수 있도록 만들어 주는 그들이 엄마인 나도 고맙다.

다른 부모들도 다 그 정도는 한단다, 아들. 아들 형제 뒷바라지하는 그 과정이 우리 부부를 얼마나 신바람 나게 했고 행복했는데, 사실은 엄마인 내가 아들에게 갚을 것이 더 많아. 그런데 매달 이렇게 통장을 두둑하게 만들어 주다니~.

'이래도 괜찮은 걸까.'

나는 입금된 핸폰 문자 메시지가 뜨면 제일 먼저 떠오르는 생각이다. 그 모든 행위들은 며늘아가들의 응원이 없으면 평화롭지 않을 일들이기에 며늘아가들의 따뜻한 마음을 함께 읽는다.

칠십 대를
살아가기 위한 준비
- 2015년 12월

고희를 바라보며 주변을 정리하는 중입니다. 앞으로 십 년을 더 산다고 생각하고 꼭 필요한 가전제품은 새것으로 바꾸고 없어도 살아갈 수 있는 것들은 미련 없이 이웃에 나누고 버리기 하고 있습니다. 옷가지들, 앨범 속의 사진, 그릇, 이불, 장독, 무쇠 솥, 그네… 아아 버릴 것이 너무 많습니다.

'줄탁동시의 오묘' '갈랑이의 긴 외출' 등, 전원생활에서 작품의 소재가 되어주었던 노랑이와 그 자녀들과도 이별해야 하며 오 년여 동안 아침 산책길의 길잡이가 되어 주고 적적한 산골에서 말동무가 되어 주었던 강아지 '기쁨이'와도 이별합니다.

육백여 평의 땅은 나의 소원을 풀어내기에 충분했습니다. 봄이 오면 봉선화, 백일홍, 채송화들을 원 없이 심었고, 집 가장자리로는 코스모스와 골드메리, 해바라기 씨앗을 뿌렸더니 여름이 지나고 가을이 깊어가도록 꽃들은 화려하게 피고 지기를 이어 갔습니다.

찾아오는 아들 형제 가족들에게 전원의 추억을 만들 수 있도록 자리를 깔아 주는 일도 제겐 중요한 부분이었습니다. 초딩 손주들이 뜰에서 냉이를 캐고 땅강아지나 달팽이들과 놀던 일, 땅따먹기를 하고 흙과 풀들을 비벼 피자를 만들던 일들을 그들은 훗날 기억해 줄 것 같습니다.

너무 많은 것을 안고 살고 있습니다. 지는 꽃을 따내고 제때 물을 주어 싱싱한 꽃들과 조우하는 일도, 병아리들을 사랑하고 기쁨이(강아지)가 나를 보고 꼬리치게 만드는 일 등 거저 되는 일들은 하나도 없었습니다. 내가 그들에게 베푸는 만큼 그들은 내게 기쁨을 주었고 웃음을 주었습니다.

그러나 언제부터인가 그들을 사랑하고 돌보는 일도 때로는 즐기는 일까지도 버거워지면서 '여기까지야'라는 생각이 들기 시작했습니다. 언제 어찌될지 모르는 우리네 삶, 아니 나의 삶, 팔을 다쳤을 때나 병원 가는 길이 급한데 자동차가 눈길에 갇혀 버릴 때도 덜컹 겁이 나고 두려워지기 시작했습니다. 작은 아픔과 상처에도 고희라는 높은 언덕을 바라보고 있는 마음이 눈높이를 나도 모르게 고희에 맞추어가고 있었던 것 같습니다. 꿈과 현실에는 엄청난 차이가 있었습니다.

삶의 환경을 바꾸어야겠다는 생각이 들면서 먼저 살고 있는 집을 정리하고 살림살이들을 정리하기 시작한 것입니다. 아직도 내가 살아보지 않은 칠십 대의 삶이지만 절대로 힘에 버거워서는 안 될 것 같았습니다. 고희라는 언덕은 나를 지레 숨차게 만들고 초조하게 했습니다. 언제까지 내 손으로 자동차의 핸들을 마음대로 돌리고 엑셀을 밟을 수 있을

강촌이 만들어 내는 마지막 가족 모임 김장, 이것으로 강촌의 전원생활 5년을 마무리하려고 합니다.

지도 염려됩니다. 다행히도 가족들은 나의 뜻을 이해하고 정리를 도와주고 있으며 칠십 대의 내 삶이 뜻하는 대로 살아갈 수 있도록 응원해주고 있습니다.

몸피 줄이기 보름째, 아직 진행 중입니다. 그냥 내팽개치기에는 아까운 물건들을 필요한 사람에게 전달해 주는 일도 시간이 필요했습니다. 녹슬어 있는 무쇠솥이 승용차의 트렁크에 얹혀 지인의 산장으로 실려가는 날도, 아직 사랑도 면치 못한 반짝반짝 빛나는 그네와 바베큐 소품들이 새로 사귄 친구의 전원으로 실려 나간 날도 시원섭섭함을 다스리려고 가슴을 쓸어 내렸습니다. 진정 가볍고 자유로워지는 작업은 용기가 필요했습니다.

박꽃이 피고지고 박이 열리고 커가게 만들 수 있었던 환경, 저녁 연기 피어오르는 소박한 마을 경기도 양평의 산골마을에서 자연에 푹 파묻혀 살 수 있었던 지난 오 년은, 정리하면서 생각하니 용기였고 꿈 같은 삶이었으며 행운이었습니다. 비우고 놓아서 가벼워진 몸과 마음으로 고희의 언덕을 넘어 갈 것입니다.

아들형제의 가정이 국화 향기 은근하게 흘러나오는 가정으로 자리잡아 갈 수 있도록 멀찍이에서 기도하는 마음으로 응원을 보내며, 내가 살고 싶은 삶을 살아갈 수 있도록 힘을 실어준 옆지기에게도 이제는 고마운 마음을 전해야겠습니다.

그래서 나의 칠십 대는 가볍고 한가로우며 지나온 삶에 흠집을 내지 않는 평화로운 날들이 되길 기대해 봅니다.

낯설고 두려운
칠십 고개를 넘으면서
- 2016년 3월

칠순을 맞이하게 되니 먼저 나도 참 오래 살았다는 생각이 든다.

칠십 살이 되는 날에 칠순 잔치~? 아들 형제 부부는 여러 가지 방법으로 칠순 잔치를 의논하는 눈치였다. 그러나 번거로움을 피하기로 마음먹었다. 사실 이번 행사는 내가 주인공이니 내 의견이 먼저 존중될 수 있는 일, 그래서 내가 원하는 의견을 내밀었다.

먼저 며늘아가들을 수고시키지 않고 주변에 번거로움을 끼치지 않으면서 평화로운 방법, 그리고 나도 서운하지 않으면서 추억 만들기에 충분한 여행이었으면 했다.

옆지기와 해외여행을 며칠 다녀올까도 생각해 보았지만 장거리 해외여행이 부담이 되는 눈치였다. 지난겨울 타박 사고 이후 건강에 자신이 없어 보였다. 그러나 우리는 함께해야 좋은 그림으로 남을 사이, 아무래도 국내 여행이 홀가분할 것 같아 동해안을 일주하기로 계획을 세웠다.

설악산에서 거제도까지~. 시간도 공간도 구체적 계획도 없이 한 열흘

간, 가다가 쉬고 싶으면 쉬어 가고 배고프면 먹고 가고 해 저물면 자고 가고, 회가 먹고 싶으면 설악에서 내려와 속초에 머물고…. 이나마도 건강이 허락하고 시간 또한 넉넉하니 계획해 볼 수 있는 일이었다. 그것 마저도 지금보다 기력이 떨어지면 용기를 낼 수 없는 일이기에 이제 더 이상 미루면 안 될 것 같아 옆지기와 함께 떠나기로 마음먹었다.

그런데 문제가 생겼다. 아들 형제가 그건 마음이 안 놓인다면서 동행을 하겠다는 것이다. 아니 직장은 어찌하고~ 그러나 아들 형제는

"저희들에겐 부모님을 모시는 일보다 더 중요한 일은 없으니 걱정 놓으세요."

이번 여행을 결정하기까지 큰아들과 작은아들은 처음에는 의견을 달리했다.

'작은아들— 손주들 데리고 가족 모두 함께 가는 것이 부모님을 행복하게 만들어 드리는 것 아닌가.'

'큰아들— 가족 모두 함께 하는 여행은 기회가 자주 있지 않나. 앞으로도 그것은 마음만 먹으면 늘 할 수 있는 일, 그러나 이런 여행은 특별해.'

그런 연유로 나의 칠순여행은 사십대 장년 아들 형제의 손을 잡고 떠나게 되었다. 그러나 주말을 이용하고 월차 휴가를 만들어 3박 4일로 여행기간을 단축할 수밖에 없었다. 사실 여유로운 여행은 계획하다가 그치고 만 것이다.

그 첫날이 정동진, 대구에 살고 있는 작은아들이 새벽 기차를 타고 정동진으로 오고 서울의 큰아들이 양평의 우리 부부와 합류, 정동진에서

칠순 여행에서 아들 형제와 호텔에서

정동진 선크루즈 호텔

네 식구가 만났다. 아들 형제가 결혼하기 전, 십수 년 전으로 돌아가 단출한 여행을 하게 된 것이다. 아들 형제를 키우던 내 푸른 시절로 돌아간 듯했다.

정동진에서 바다를 바라보면서 선쿠르즈에서 일박을 하는 것으로 여행은 시작되었다. 여행 중 내내 사십 대 중반의 아들 형제는 칠십을 맞이하는 우리 부부 앞에서 수시로 노래를 부르고 춤을 추었다. 아들들은 송창식의 〈담배가게 아가씨〉를 학생시절처럼 익살스럽게 부르면서 춤을 추었고, 형제는 삼십 년 전 고등학생 시절로 돌아가 장난질을 치기도 했다.

아~ 얼마만인가. 저 풋풋해 보이는 편안한 모습들이~~.

3박4일 여행기간 동안 아들 형제는 오로지 나의 아들이었다. 세상살이에 지친 중년의 사내도 아니었고 가장 노릇으로 힘겨운 아빠도 아니었으며, 아내의 눈치를 보는 의젓해야 하는 남편도 아니었다. 누구를 위한 체면치레도 필요 없이 유치 찬란(?)스럽도록 사랑 주고받을 수 있는 내 푸른 시절로 돌아간 듯했다. 며늘아가들과 손주들, 가족 모두 함께 여행할 때와는 또 다르게 평화로운 면이 있었다.

지금 내 아들들보다 더 젊었을 적, 푸른 시절에 사계절을 등반했던 설악산 대청봉을 멀리서 바라보기도 하고, 요소요소 그리운 곳들 바쁘게 찍으면서 바다를 끼고 돌아 양떼목장인 삼양목장까지 와서야 여행을 마무리했다.

느긋하고 여유를 부릴 수 있는 여행은 아니었지만 편안한 여행길이 되어 주었다. 함께하지 못한 두고 온 가족, 며늘아가들과 손주들에겐 대게를 한 박스씩 삶아 보내는 것으로 나의 미안한 마음을 전달했다.

아들 형제가 밀어주고 옆지기의 마중을 받으며 나는 낯설고 두려운 칠십의 고개를 넘어 왔다. 어쩌면 이번의 여행에서 받은 가족들의 변함없는 신뢰와 사랑의 확인, 긴 대화에서 생긴 생강스런 에너지가 깊이 축적되어 나는 조금 더 여유를 부릴 수 있는 칠순의 삶을 살아 갈 수 있을 것도 같다.

아들아, 며늘아가, 우리 글감이 되는 삶 살자
- 2016년 6월

어느 휴일, 서울 큰아들 네서 가족들이 모였다. 느지막하게 아침식사를 하고 며늘아가들의 손이 조용해지면서 커피타임을 준비하려는 순간이었다.

"아가, 분위기 그윽한 찻집에 가서 카푸치노 한 잔 사줄래."

"그럴까요, 어머님."

"아들도 함께 가지 그래, 아들들도 카푸치노 좋아하잖아. ㅎㅎ"

그렇게 우리는 아파트 단지를 벗어나 커피 향이 물씬 풍기는 찻집으로 갔다. 사실 묻어 둔 목적은 차를 마시고 싶어서가 아니다. 아이들이 없는 조용한 곳에서 아들과 며늘아가들 앉혀 놓고 이런저런 대화를 하고 싶었다.

사실 가족들 모임은 자주 갖는 편이지만 대부분 손주들과 함께이니, 들썩거리다가 헤어지는 경우가 대부분이다. 따라서 며늘아가와 속내를 주고 받을 수 있는 대화다운 대화의 자리는 저절로는 주어지지 않았다.

맑은 지하수와 정성으로 자란 새싹들. 맑게 웃는 며늘아가들과 손주들의 웃음을 닮았다.(2013년 봄, 성덕리 채마밭에서)

그날 커피타임에서 나와 며늘아가들과는 평소에 하지 않았던 하고 싶은 애기들을 주고 받았다. 내가 자리를 만든 만큼 내가 말을 하는 편이었고 아들은 보통 듣는 편이었다. 엄마가 며늘아가들에게 하고싶은 애기들이 있었구나, 하는 생각도 들었겠지만, 평소 잘 들어주는 것이 가장 좋은 대화법이라고 말하는 아들들이다.

커피향기에 취해서인가, 사랑이 깔려 있어서인가. 듣기에 따라서는 조금은 부담스러울 수 있었던 주제들이 오가기도 했는데 마무리는 따뜻하게 되었다.

며늘아가들과 나, 근본이 다른 사람끼리 만나서 살아가고 있는데 생각이 다를 수는 있다. 그러나 결론적으로 며늘아가나 시어미인 나나 아들을 지극히 사랑하고 있다는 사실을 만난 지 십수 년이 흐른 지금까지도 서로가 확인했기 때문일 것이다.

아들을 사랑하는데 세상에 양보 못할 일이 있을 수 없으며, 남편을 사랑하는데 아들이 사랑하는 시어머니의 뜻과 부탁을 저버릴 어리석은 며늘아가들은 아니었다.

십수 년 전으로 돌아간다면 그녀들과 아들들은, 서로가 인연을 맺기 위해 칠년 동안이나 공을 들여온 사람들이고 그것을 누구보다 잘 알고 있었던 시어미인 나는, 아들 부부의 사랑을 다치지 않게 하려고 이유를 달지 않고 따스한 가슴으로 보듬었다.

그날 우리는 대화를 시작할 때보다 더 따뜻하게, 커피를 더블로 시키면서 마무리를 했다. 고부간의 모습이 아름답고 평화로워야 내 아들이 행복하다.

내 아들들의 행복을 바라는 마음은 그녀나 나나 크기나 무게를 잴 일이 아니었다. 우리 세 여인이 평화로운 그림을 그려내야 아름다운 가정을 만들어 나갈 수 있고 내 아들들이 행복하면 그녀들도 나도 행복하다는 사실을 거듭 확인한 커피타임이었다.

"아들아, 며늘아가, 나는 어차피 글을 쓰는 사람, 우리 글감이 되는 삶 살자. 지금까지 살아 온 것처럼 앞으로도 우리의 모든 삶은 내가 글감으로 적어 내놓아도 부끄럽지 않아야 해. 그래야 나도 행복하고 우리 모두 행복할 수 있어. 같은 곳을 바라보면서 우리, 아름다운 글감이 되는 삶 살자."